Justin

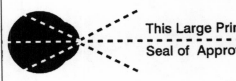

This Large Print Book carries the
Seal of Approval of N.A.V.H.

Justin

Diana Palmer

Thorndike Press • Waterville, Maine

Published in 2005 by arrangement with Harlequin Books S.A.
Publicado en 2005 en cooperación con Harlequin Books S.A.

Thorndike Press® Large Print Spanish.
Thorndike Press® La Impresión grande española.

The tree indicium is a trademark of Thorndike Press.
El símbolo del árbol es una marca registrada de Thorndike Press.

The text of this Large Print edition is unabridged.
El texto de ésta edición de La Impresión Grande está inabreviado.

Other aspects of the book may vary from the original edition.
Otros aspectros de éste libro podrían variar de la edición original.

Set in 16 pt. Plantin.
Impreso en 16 pt. Plantin.

Printed in the United States on permanent paper.
Impreso en los Estados Unidos en papel permanente.

Library of Congress Cataloging-in-Publication Data

Palmer, Diana.
   [Justin. Spanish]
   Justin / Diana Palmer.
      p. cm. — (Thorndike Press large print Spanish = Thorndike Press la impresión grande la española)
   ISBN 0-7862-7407-7 (lg. print : hc : alk. paper)
   1. Large type books. I. Title. II. Thorndike Press large print Spanish series.
PS3566.A513J8718 2005
  813′.54—dc22
                                 2004028351

Justin

Capítulo uno

LA mañana había amanecido calurosa, pero aquello no había parecido desanimar a los postores. El subastador, de pie en el elegante porche de la enorme mansión blanca, dirigía la sesión en un tono monocorde, pero de vez en cuando tenía que echar mano de su pañuelo para secarse el sudor del rostro y la nuca.

Justin Ballenger observaba la subasta con los ojos negros entornados. No tenía intención de comprar, no aquel día, pero sí tenía un interés personal en la subasta. Era el hogar de los Jacobs lo que se estaba subastando, con absolutamente todo lo que había en él. Debería sentir cierta satisfacción al ver cómo se desperdigaban las posesiones de Bass Jacobs, pero, extrañamente, no era así. De hecho lo hacía sentirse bastante incómodo, era como ver a un grupo de buitres despedazando a una víctima indefensa hasta los huesos.

Buscó con la mirada entre la muchedumbre, tratando de ver a Shelby Jacobs, pero no parecía haber acudido. Tal vez ella y su hermano Tyler estarían dentro de la mansión, ayudando a la gente de la casa de subastas a clasificar los muebles y las antigüedades para su venta.

Alguien se acercó a él por la izquierda, y al girar la cabeza se encontró con su cuñada, Abby Ballenger.

—No esperaba verte aquí —le dijo ella sonriéndole.

Calhoun y él iban a haber sido sus hermanastros, pero un accidente de coche dos días antes de la boda, acabó con la vida del padre de ellos y la madre de ella. Abby no tenía más familia, así que se convirtieron en sus tutores legales y la joven se fue a vivir con ellos a su rancho de Texas. Solo hacía seis semanas que Calhoun y ella se habían casado.

—Nunca me pierdo una subasta —contestó él, volviendo la cabeza hacia el subastador—. Por cierto, no he visto a los Jacobs —añadió en un tono despreocupado.

—Tyler está en Arizona —contestó Abby. La divirtió verlo girar la cabeza sorprendido ante la noticia—. No quería irse sin pelear por su patrimonio, pero parece ser que se produjo algún tipo de emergencia en el rancho en el que está trabajando.

—¿Ha dejado sola a Shelby? —exclamó Justin. Pareció que las palabras habían escapado involuntariamente de sus labios.

—Me temo que sí —asintió su cuñada reprimiendo a duras penas una sonrisa maliciosa—. Está en el apartamento que le ha alquilado su jefe, Barry Holman, justo encima del bufete en el que trabaja...

Las facciones de Justin se pusieron rígidas, y dejó suspendido en el aire el cigarrillo que estaba fumando.

—¿Holman tiene el valor de llamarlo apartamento? ¡Por amor de Dios!, ¡si no es más que un almacén cochambroso!

—Bueno, le ha dado permiso a Shelby para arreglarlo un poco —repuso Abby—. No tiene otra opción, Justin. Están vendiendo la casa y no puede permitirse otra cosa con lo que gana. Es una tragedia. Tyler y ella pensaban que podrían al menos retener su hogar, pero las deudas de su padre eran demasiado cuantiosas.

Justin farfulló algo por lo bajo con la vista fija en la mansión frente a ellos. Aquella casa simbolizaba todo lo que había odiado de la familia Jacobs en los últimos seis años, desde que Shelby había roto su compromiso y lo había traicionado.

—¿No estás contento? —lo picó Abby suavemente—. Después de todo odias a Shelby. Debería complacerte verla humillada públicamente.

Pero él no respondió a sus pullas, sino

que se dio la vuelta bruscamente y se dirigió a grandes zancadas al lugar donde tenía aparcado su Thunderbird negro. Abby sonrió. Durante todos esos años, Justin había evitado todo contacto con los Jacobs, hasta el punto de que no quería ni oír mencionarlo, pero en los últimos meses la lucha que se libraba en su interior estaba empezando a exteriorizarse.

Abby estaba segura de que todavía sentía algo por Shelby, y que ella también sentía aún algo por él; y feliz como se sentía en su matrimonio, quería que el resto del mundo fuera igualmente feliz, así que pensaba que quizá empujando un poco a Justin en la dirección adecuada lograra hacer felices a dos personas muy desdichadas.

Justin no se había enterado de la venta de la heredad de los Jacobs hasta aquella misma mañana, cuando Calhoun lo había mencionado en la oficina de la nave de engorde de ganado que ambos dirigían. Le dijo que había salido en los periódicos, pero Justin había estado fuera de la ciudad.

No le sorprendía en absoluto que Shelby quisiera mantenerse al margen de la subasta. Había nacido en aquella casa, y había vivido allí toda su vida. De hecho, su abuelo había sido el fundador de la pequeña ciudad en que vivían y le había dado su nombre: Jacobsville. Eran una familia adinerada, y los andrajosos hermanos Ballenger del destartalado rancho a unos kilómetros de la mansión, no eran la clase de amigos que la señora Jacobs quería para sus hijos, Tyler y Shelby. Sin embargo, al morir esta, el trato hacia ellos por parte del señor Jacobs se volvió repentinamente más amistoso, sobre todo desde que establecieran su negocio de la nave de engorde, y cuando el viejo se enteró de que Shelby pretendía casarse con él, le aseguró que no podía estar más contento.

Pero después ocurrió algo... Una noche Bass Jacobs y el joven Tom Wheelor habían ido a verlo. Bass Jacobs parecía muy disgustado, y le dijo a Justin sin preámbulos que Shelby estaba enamorada de Wheelor, y no solo eso, sino también que habían estado acostándose, que su compromiso con ella no había sido más que una farsa. Le aseguró que estaba avergonzado de ella, y que el compromiso había sido una estratagema de Shelby para cazar al indeciso Wheeler. Por tanto, habiendo servido a sus propósitos, Shelby ya no lo necesitaba. Con tristeza, Bass Jacobs le devolvió el anillo de compromiso, mientras Tom Wheelor murmuraba sonrojado sus disculpas. Bass incluso había derramado unas lágrimas, y tal vez fuera la vergüenza lo que hizo que le prometiera a Justin respaldo financiero para su negocio. Solo había una condición: que no le dijera nunca a Shelby quién le había proporcionado el dinero. Y acto seguido, se marcharon.

Justin, incapaz de creer a Shelby capaz de algo así sin tener pruebas, corrió a telefonearla justo cuando su padre arrancaba el coche para salir de su propiedad. Sin embargo, ella no negó nada de lo que le habían dicho, sino que, por el contrario, se lo confirmó todo, incluso la parte acerca de haberse acostado con Wheelor. Le dijo que solo había querido poner celoso a Tom, para que le propusiera matrimonio de una vez. Añadió también que esperaba que no estuviera muy enfadado con ella, pero claro, tenía que comprender que ella siempre había tenido todo lo que había querido, y por desgracia él no era lo suficientemente rico como para satisfacer todos sus caprichos, mientras que Tom...

Justin la creyó. Además, al recordar cómo la vez que había tratado de hacerle el amor ella lo había rechazado, hizo que su confesión sonara aún más cierta. Después de aquello, había agarrado una borrachera de campeonato, y en los seis años siguientes no había vuelto a mirar a otra mujer. Y no porque no hubieran surgido posibilidades, habían surgido varias, pero todas las había desdeñado. No era un hombre guapo: sus facciones morenas eran demasiado hoscas, irregulares, y casi nunca se lo veía esbozar una sonrisa. Sin embargo, había logrado riqueza y poder, y aquello atraía a las mujeres. Pero se sentía demasiado resentido como para aceptar esa clase de atención. Shelby lo había herido como nadie antes lo había hecho, y durante años lo único que lo mantuvo vivo fueron las ansias de venganza.

Sin embargo, cuando el momento había llegado, cuando al fin la veía humillada como Abby había apuntado, no sentía la menor satisfacción. Solo podía pensar en que debía estar destrozada, sin familia ni amigos que la reconfortaran.

Ese lugar que su cuñada había llamado «apartamento» no era más que un pequeño almacén, y no le hacía gracia pensar que tuviera que depender de ese modo de Holman. Conocía la reputación del tipo, y sabía que le gustaban las mujeres bonitas. Y Shelby lo era, era preciosa: largo cabello negro, figura delicada, y brillantes ojos de un verde intenso. Ya no era una adolescente, había cumplido los veintisiete, pero no parecía mucho mayor que cuando se comprometieron. Tal vez fuera porque la rodeaba una especie de halo de inocencia y pureza que... Justin cerró los ojos, apretó los dientes y sacudió la cabeza. Falso, era todo falso, únicamente apariencias.

Se detuvo frente a la puerta del «apartamento» y levantó el puño para golpear con los nudillos, pero le pareció escuchar un ruido ahogado dentro. No parecían risas... ¿Llanto? Apretó la mandíbula y dio un par de golpes secos en la puerta. Los sollozos pararon al instante, y se oyó un chirrido, como de una silla arrastrándose, y después pasos, que parecían hacerse eco de los rápidos y fuertes latidos de su corazón.

La puerta se abrió y apareció Shelby, con unos vaqueros descoloridos y una camisa de cuadros azul. Tenía el largo cabello desordenado, y los ojos enrojecidos.

—¿Has venido a burlarte de mi desgracia, Justin? —le espetó con amargura.

—No me produce ningún placer verte hundida —contestó él alzando la barbilla y entornando los ojos—. Abby me dijo que estabas sola.

Shelby suspiró, bajando la vista a las botas polvorientas de él.

—Llevo sola mucho tiempo, he aprendido a vivir con ello —contestó cambiando el peso de un pie a otro incómoda—. ¿Hay mucha gente en la subasta?

—El jardín delantero está a rebosar —respondió él. Se quitó el sombrero y se pasó una mano por el espeso y oscuro cabello.

Shelby alzó la mirada hacia él, y sus ojos se detuvieron sin poder evitarlo en las duras líneas del rostro de Justin, y en los labios esculpidos que había besado con tanta pasión seis años atrás. Había estado perdidamente enamorada de él, pero la noche en que se habían comprometido, su ardor la había asustado. Lo había apartado, y aun así el recuerdo de las deliciosas sensaciones que había experimentado hasta ese momento, hasta antes de que el miedo se hiciera tangible, quedó grabado a fuego en su mente. Había deseado ir más lejos de donde habían llegado, pero tenía sus razones para temer aquella intimidad final más que cualquier otra mujer. Sin embargo, Justin nada sabía de aquello, y le había dado demasiada vergüenza explicárselo.

Se hizo a un lado para que pasara.

—Si mi compañía no es demasiado desagradable, tal vez te apetezca un poco de té helado.

Justin dudó, pero fue solo un momento.

—Te lo agradecería —murmuró entrando y cerrando despacio tras de sí—. Aquí hace un calor infernal.

La siguió, pero se paró en seco al contemplar la clase de lugar en el que estaba teniendo que vivir. Se puso rígido y estuvo a punto de maldecir en voz alta.

Solo había dos habitaciones, en el mal llamado apartamento, y estaban vacías a excepción de un viejo sofá, una silla, una mesita de café y un pequeño televisor. Había también un armario empotrado, donde debía tener guardada la ropa, y en la cocina solo había un modesto refrigerador, y una hornilla. La sola idea de imaginarla viviendo allí, cuando estaba acostumbrada a sirvientes, a batas de seda, a servicios de plata y muebles antiguos...

—Dios... —murmuró.

Al escuchar el tono de lástima en su voz la espalda de Shelby se tensó, pero no se dio la vuelta.

—No necesito tu compasión —le dijo con aspereza—. No es culpa mía ni de Tyler que hayamos perdido la heredad, sino de nuestro padre. Además, puedo abrirme camino en el mundo por mí misma.

—Sí, pero no tendría que ser de este modo, maldita sea —masculló Justin arrojando furioso el sombrero sobre la mesita. Le quitó de las manos la jarra de té helado, depositándola también con violencia en la mesa y la agarró por las muñecas—. No puedo hacerme a un lado y mirar cómo tratas de sobrevivir en esta ratonera. ¡Barry Holman y su maldita caridad!

Shelby se había quedado como en estado de shock, no tanto por lo que le estaba diciendo, sino por lo alterado que se había puesto de repente.

—No es una ratonera —balbució.

—Comparándolo con el estilo de vida al que estás acostumbrada sí lo es —repuso él. Dejó escapar un suspiro exasperado—. Puedes quedarte conmigo hasta que puedas permitirte algo digno.

—¿Con... contigo? —repitió ella poniéndose roja como una amapola—, ¿en tu casa... sola contigo?

—En mi casa —recalcó él alzando la barbilla—, «no» en mi cama. No tendrás que pagarme un alquiler, y tengo presente que no te gusta que te toque.

A Shelby le dolió la hiriente mordacidad de sus palabras, pero no podía mirarlo a los ojos ni negar aquella última afirmación sin embarazo para ambos. De todos modos, ya no importaba, hacía demasiado tiempo de aquello. Así que, en vez de buscar su mirada, se quedó mirando su blanca camisa, y la espesa masa de vello que se adivinaba a través de la tela. Una vez había tocado esa parte de su cuerpo, la noche en que se prometieron. Justin se había desabrochado botón tras botón, dándole acceso, permitiendo que lo acariciara como quisiera. Y luego había empezado a besarla como si no fuera a haber un mañana, y Shelby no puedo evitar asustarse cuando él trató de ir más lejos.

Hasta aquella noche, Justin jamás había intentado tocarla de un modo íntimo, y se habían limitado a intercambiar breves besos inocentes. Al principio esa actitud la había dejado un poco perpleja, y había despertado su curiosidad, porque estaba segura de que Justin tenía mucha experiencia en ese terreno. Claro que, se había dicho, tal vez el problema radicaba en la diferencia de estatus entre ambos. Por aquella época, Justin apenas sí podía clasificarse dentro de la clase media, mientras que su familia era rica. Eso a ella no le había importado, pero podía imaginar que a Justin quizá si lo intimidase un poco, y lo que era peor, esa sensación de inferioridad seguramente se habría tornado en odio cuando, ante la insistencia de su padre, se vio forzada a romper el compromiso.

Sin embargo, se ocupó de ajustarle las cuentas a su padre. Su padre quería haberla casado con Tom Wheelor, un hombre frío al que solo le interesaba la fusión de sus propiedades, pero Justin se había interpuesto, y por eso urdieron la mentira de que ella nunca lo había amado, y que lo había utilizado para atraer a Tom. Ella había rechazado repetidamente a Wheelor, y nunca había dejado que le pusiera un dedo encima. Le dijo a su padre que nunca se casaría con su amigo, y aun así el viejo no capituló hasta su muerte. Solo entonces, tras años de haber sido testigo de lo desesperadamente que ella amaba a Justin, de lo desgraciada que la había hecho, le rogó su perdón. Lo único que no le dijo era que la culpabilidad lo había llevado a impulsar el negocio de Justin.

Shelby buscó los oscuros ojos de Justin, perdida en los recuerdos. Había sido muy duro seguir adelante sin él. Los sueños de vivir una vida a su lado, sintiéndose amada, dando a luz a sus hijos… habían muerto hacía ya tiempo. Y, aun así, el tacto de sus grandes manos en sus muñecas estaba haciendo que la temperatura de su cuerpo aumentara, que el deseo dormido se despertara cosquilleante en su interior. Si su padre no hubiera interferido… No, también era culpa de ella, había sido incapaz de explicar sus temores al hombre al que amaba, de pedirle que tuviera cuidado, que fuera despacio… Pero ya era demasiado tarde.

—Sé que ya no me quieres, Justin —le dijo suavemente—. Y comprendo el porqué, pero, en cualquier caso, no tienes por qué sentirte responsable de mí. Estaré bien, puedo cuidar de mí misma.

Justin inspiró despacio, tratando de controlarse, pues la sedosa textura de su piel lo estaba volviendo loco. Sin darse cuenta, comenzó a acariciarle las muñecas con movimientos circulares.

—Lo sé —respondió—, pero este no es lugar para ti.

—No puedo pagar otra cosa —dijo ella—, pero Barry Holman me ha prometido que dentro de dos meses me subirán el sueldo, y tal vez entonces alquilé la habitación que tomó Abby en casa de la señora Simpson.

—No tienes que esperar —repuso él con aspereza—. Yo te prestaré el dinero.

—Eso no estaría bien. La gente murmuraría —musitó Shelby bajando la vista.

—No tiene por qué enterarse nadie. Quedaría entre tú y yo.

Shelby se mordió el labio, buscando en su interior la fuerza necesaria para negarse, pero resultaba difícil cuando, aunque nunca lo admitiría delante de Justin, detestaba tener que vivir allí, tan cerca de Barry Holman, que era un buen jefe, pero también un donjuán.

En ese momento llamaron a la puerta. Justin la soltó de mala gana y la observó mientras ella iba a abrir. Era Barry Holman, con una expresión esperanzada en el rostro.

—Hola, Shelby —la saludó en un tono amistoso—, pensé que tal vez necesitarías ayuda para la mudanza que tengas que.. —se quedó callado al ver a Justin detrás de ella.

—Ya ves que no —contestó este con una fría sonrisa—. De hecho, va a alquilar una habitación en la casa de huéspedes de la señora Simpson y yo he venido para ayudarla a cargar algunas cosas, aunque sé que aprecia mucho tu «generosidad» al dejarle este... «apartamento» —añadió mirando en derredor con disgusto.

Barry Holman tragó saliva. Conocía a Justin desde hacía mucho tiempo, y estaba convencido de que lo que se rumoreaba era cierto: no quería a Shelby para él, pero tampoco dejaba que otros hombres se acercaran a ella.

—Bien —dijo, aún sonriendo—, pues entonces vuelvo abajo, al bufete. Tengo que hacer unas cuantas llamadas. Me alegra haberte visto, Justin. Hasta el lunes por la mañana, Shelby.

—Gracias de todos modos, señor Holman —le dijo ella apoyando la mentira de Justin, pues no podía ya, ni quería, contradecirle—. No querría que pensara que soy una desagradecida, pero es que la señora Simpson me ofrece pensión completa, y es un lugar muy tranquilo. No estoy acostumbrada a la vida de ciudad, y como la señora Simpson tenía libre una habitación...

—Tranquila, Shelby, no tienes por qué darme explicaciones —sonrió Barry—. Hasta luego.

Justin lo miró furibundo mientras salía, y después se giró hacia Shelby.

—He dicho que te prestaré el dinero para el alquiler y lo haré —le dijo con voz firme—. Si supone demasiado para tu orgullo, puedes pagarme cuando mejor te convenga.

No era orgullo lo que hacía dudar a Shelby, sino la sensación de que sería muy poco considerado aprovecharse de él. Sabía que Justin no la dejaría permanecer allí, porque a pesar del rencor era un hombre cariñoso, que seguía preocupándose por ella. Tenía un corazón demasiado grande como para darle la espalda, a pesar de lo que pensaba que ella le había hecho. Las lágrimas afloraron a sus ojos verdes al recordar lo que su padre la había obligado a decirle, y cómo lo había herido.

—Lo siento tanto... —sollozó de pronto mordiéndose el labio inferior y dándose la vuelta.

Aquellas palabras, y la emoción que sub-yacía en ellas, sorprendieron a Justin. ¿Acaso sería posible que, a esas alturas, ella sintiera remordimientos? ¿O quizá estaba fingiendo para conseguir su compasión? Ya no podía fiarse de ella.

Shelby recobró la compostura, y sirvió el té frío en dos vasos con hielo.

—Si de verdad no te molesta hacerme ese préstamo lo aceptaré —le dijo tendiéndole un vaso sin mirarlo a los ojos—. No es ningún secreto que este sitio no me gusta demasiado, y siempre será mejor vivir acompañada, aunque sea en una casa de huéspedes. No me gusta estar sola.

—Tampoco a mí me gusta, Shelby, pero es algo a lo que acabas por acostumbrarte —murmuró él. Sorbió un poco del té sin apartar la mirada del rostro de ella—. ¿Y cómo llevas lo de tener que trabajar para poder vivir?

—Me gusta —respondió ella con una sonrisa, ignorando la burla. Alzó los ojos hacia los de él—. Pero antes también hacía cosas, ¿sabes?, cuando teníamos dinero. Estaba en varios grupos de voluntariado y asociaciones de beneficencia. Sin embargo, a un bufete acude gente con auténticos problemas, y al poder ayudarlos me siento mejor, y me hace olvidar los míos.

Justin frunció el entrecejo.

—¿No me crees, verdad? —inquirió ella adivinando lo que estaba pensando—. Tú siempre me viste como a un miembro más de la clase alta, una mujer atractiva con dinero y una selecta educación... Pero eso no

23

era más que la fachada. En realidad nunca llegaste a conocerme de verdad.

—Pero te deseaba —replicó él con una mirada desafiante—. Tú jamás me deseaste a mí.

—¡Lo que pasó es que tú quisiste acelerar las cosas! —exclamó ella a la defensiva, sonrojándose al recordar aquella noche.

—¿Acelerarlas? Hasta esa noche ni siquiera te había besado de un modo íntimo, ¡por amor de Dios! —los ojos de Justin relampaguearon de furia al pensar en cómo lo había rechazado—. Hasta esa noche te había tenido en un pedestal, adorándote como a una diosa, ¡y tú mientras estabas acostándote con ese chico millonario!

—Nunca me acosté con Tom Wheelor.

—No es eso lo que me dijiste —le recordó Justin con una sonrisa fría—. De hecho juraste que sí lo habías hecho.

Shelby cerró los ojos, presa del amargo remordimiento.

—Es cierto, lo dije —asintió cansada—. Casi lo había olvidado —añadió dándose la vuelta.

—Agua pasada no mueve molino —dijo Justin sin apartar los ojos del rostro tenso de Shelby—. No, ya no importa. Vamos, te llevaré a la casa de la señora Simpson a ver si puede alquilarte la habitación.

Shelby sabía que él no daría su brazo a torcer lo más mínimo. No había olvidado, y seguía despreciándola. Mientras tomaba su bolso, y lo seguía hasta la puerta, sintió como si alguien le hubiera colocado un enorme peso sobre los hombros.

Capítulo dos

CUANDO detuvo el vehículo a unos metros de la casa de huéspedes, Justin metió un fajo de billetes en el bolso de Shelby. Ella quiso protestar, pero Justin siguió fumando su cigarrillo y la ignoró por completo.

—Ya te dije antes que lo del dinero quedaría entre nosotros —murmuró mientras apagaba el motor. Apoyó el codo en la ventanilla abierta y se giró para mirarla—. Hablaba en serio, pero si como te dije prefieres considerarlo como un préstamo, eso es cosa tuya.

—Te prometo que te lo devolveré... algún día —contestó ella con aire miserable, mordiéndose el labio. Con lo poco que ganaba apenas si le alcanzaría para pagar el alquiler y comprarse la ropa que necesitara.

—Me da igual.

—Pues a mí no —repuso ella algo sulfurada. Dejó escapar un enorme suspiro—. Oh, Justin, ¿qué voy a hacer? —gimió—. Por primera vez en mi vida me encuentro sola. Ty se ha marchado a Arizona, y no tengo más familia que él... —de pronto se dio cuenta de que estaba evidenciando su debilidad, y bajó la vista avergonzada—. Disculpa, no me hagas caso, ya me haré a ello. No debí haber dicho eso. Solo sé quejarme...

Justin no dijo nada. Nunca había visto a Shelby desesperada, siempre estaba tan compuesta y calmada... era algo nuevo y algo incómodo verla tan vulnerable.

—Si las cosas se te hicieran demasiado cuesta arriba —le dijo con voz queda—, siempre puedes venirte a vivir conmigo.

Ella emitió una risa ahogada.

—Eso haría mucho bien a nuestras reputaciones.

—Si las habladurías es lo que te preocupa —dijo Justin echando una bocanada de humo—, podríamos casarnos —lo dijo de un modo indiferente, pero tenía los ojos fijos en ella.

A Shelby se le había cortado la respiración. Lo miró preguntándose si se trataría de una broma cruel.

—¿Por qué querrías casarte conmigo?

Justin habría deseado no tener que contestar a eso. No podía admitir que aún la amaba.

—Tú necesitas un lugar donde vivir —le dijo encogiéndose de hombros—, y yo estoy harto de estar tan solo. Desde que Abby y Calhoun se casaron y se fueron, la casa parece un maldito mausoleo.

—No es verdad, lo harías porque me tienes lástima —lo acusó ella.

—Tal vez —murmuró él dando otra calada a su cigarrillo—. Bueno, ¿y qué si es así? —replicó molesto girándose hacia ella—. Tampoco es que tengas demasiadas opciones: o aceptas mi dinero para alquilar una habitación a la señora Simpson, o te quedas en el cochambroso almacén de la oficina de Barry Holman, exponiéndote a ser seducida por él.

—Para ya con eso, ¿quieres? —masculló ella incómoda—. El señor Holman no es de esa clase de hombres, y además, si ya no te importo, no tienes razón para mostrarte tan posesivo respecto a mí.

—¿No la tengo? —repitió él clavando sus ojos oscuros en los de ella—. Tal vez, pero me temo que es algo que no se puede evitar. Una vez estuvimos prometidos, Shelby, y los sentimientos que implican esa clase de relación no mueren fácilmente.

—Menuda relación fue… —murmuró ella con un suspiro—. Nunca entendí por qué querías casarte conmigo.

—Para mí no fuiste más que un tanto que me apunté —mintió él con frialdad—. Eras una joven rica y sofisticada, y yo un chico provinciano lleno de ilusiones. Me lo hiciste pasar muy mal, pero la venganza es un plato que se sirve frío, y aquí estamos, yo me he convertido en un hombre influyente y con dinero, y tú te ves ahora humillada por el destino —entornó los ojos—. No pienses ni por un momento que quiero casarme contigo porque quedé en mí algún rescoldo de pasión, porque no lo hay.

Shelby lo miró con amarga tristeza. No era capaz de perdonarla. Se casaría con ella solo para hacerla suplicar su amor, un amor que él juraría una y otra vez que jamás había sentido. Tenía gracia que la despreciara porque creía que se había acostado con Tom Wheelor, por algo que era una burda mentira. Aún era virgen, y sería desde luego un tremendo   para él si llegaban a casarse y lo averiguaba.

—No soy tan estúpida como para pensar que aún me deseas —le respondió—, no después del modo en que herí tu orgullo —añadió alzando los ojos para estudiar el arrogante rostro—. Pero sí creía que me querías un poco, aunque nunca lo dijeras.

Aquello era verdad. Nunca había llegado a saber por qué quería casarse con ella. Hasta aquella noche no había dado muestra alguna de desear llevarla a su cama, y no era un hombre que mostrara sus sentimientos de un modo abierto. Sin embargo, posiblemente por lo enamorada que estaba ella de él, no había reparado jamás en lo poco que él se daba.

—Si lo que quieres es una cierta seguridad —dijo Justin ignorando sus palabras—, puedo dártela. Nunca te faltaría nada... aunque lógicamente no tengo la fortuna que tenía tu padre.

Shelby cerró los ojos al sobrevenirle una oleada de vergüenza. Precisamente su padre y su propia ingenuidad eran los culpables de que él estuviera resentido con ella. Sin embargo, estaba claro que lo único que Justin quería era venganza, y no estaba dispuesta a ofrecérsela en bandeja de plata.

—No, Justin, no me casaré contigo —le dijo al cabo de un rato—. Sería una locura —murmuró.

Entonces, de un modo inesperado, él puso su mano sobre la de ella, para retirarla al instante.

—Es una casa muy grande —le dijo—. Solo viven López y María conmigo. Además, ni siquiera tendrías que trabajar si no quisieras.

Lo que Justin le ofrecía era el cielo para ella... si tan solo lo hiciera de corazón no por lástima. No, era peor, no lo hacía únicamente por lástima, lo hacía porque quería vengarse de su rechazo, y del infierno en que lo había sumido durante los últimos seis años. Su orgullo exigía una compensación. ¿Y no se lo debía?, se dijo Shelby con amargura, ¿no se lo debía después de lo que le había hecho? Después de todo, aunque no tuviera su amor, era lo que siempre había soñado; pasar el resto de su vida junto a él. Desayunarían juntos, comerían juntos y cenarían juntos, tal vez viendo la televisión. Y dormirían bajo el mismo techo. Su corazón latió apresurado. Quería aquello más que nada en el mundo, lo quería desesperadamente.

—Imagino que tú no... Es decir, que no querrías... — un niño». Era incapaz de decirlo. Solo Dios sabía cómo se las arreglaría para soportar lo que tendría que soportar para concebir uno.

—No, nunca te pediré el divorcio —contestó él malinterpretándola—. Soy un hombre de palabra, y cuando me comprometo a algo, lo cumplo.

Shelby no pudo evitar reconocer en sus palabras una acusación hacia ella.

—¿Todavía me odias, Justin? —inquirió. Necesitaba saberlo.

Él se quedó mirándola un rato, fumando en silencio.

—Ya no estoy seguro de lo que siento por ti.

Aunque Shelby hubiera preferido una ardiente declaración de amor, su respuesta había sido sincera. Probablemente no debería aceptar su proposición porque era una locura, pero no pudo resistir la tentación.

—Me casaré contigo, entonces, si es que lo dices en serio —murmuró sin atreverse a alzar la mirada.

Justin se quedó paralizado, pero el pulso se le disparó al escuchar sus palabras. Shelby no podía imaginarse la cantidad de noches que había pasado en vela, ansiando tenerla junto a él, deseándola. Pero había perdido su confianza, y jamás podría recuperarla. No había vuelta atrás. Solo le había ofrecido esa solución porque necesitaba ayuda. Tenía que mantener la cabeza fría y los pies en el suelo. Tal vez incluso ella llegara al punto de mostrarse amable con él por gratitud, haciéndole daño otra vez. No podría bajar la guardia ni un momento, pero... ¡oh, Dios, la deseaba tanto!

—Muy bien, entonces no hace falta que vayamos a ver a la señora Simpson hasta que lo hayamos planificado todo —dijo.

Puso de nuevo el coche en marcha, camino de su rancho. ¿Por qué le temblaban las manos?, se preguntó molesto agarrando con más fuerza el volante. No podía dejar que ella supiera hasta qué punto lo había afectado su respuesta.

Si a María y a López los sorprendió ver a Justin acompañado de Shelby, ninguno de los dos dijo nada. El anciano desapareció por la puerta de la cocina, mientras que su esposa les servía café con pastas. Justin no quería que se molestara, pero la mujer insistió, así que no tuvo más remedio que sentarse en su sillón orejero tras hacer un ademán a Shelby para que hiciera otro tanto en el sofá que había enfrente.

—Gracias, María —le dijo Shelby con una cálida sonrisa.

—No hay de qué, señorita, es un placer —repuso la mujer mexicana con otra sonrisa—. Estaré en la cocina si me necesita, señorito —le dijo a Justin antes de salir del salón, y cerrar la puerta discretamente.

—¿Solo, verdad? —inquirió él inclinándose hacia la mesita y señalando la cafetera plateada—, y sin azúcar.

—Sí, gracias —asintió ella. La agradó que recordara como le gustaba el café.

Tras servirle, Justin le tendió la taza y sirvió otra para él, añadiendo en cambio bastante leche y varias cucharadas de azúcar.

Shelby se quedó mirándolo, preguntándose por qué habría aceptado su proposición. Había sido una locura. Era como una fortaleza inexpugnable, y estaba claro que lo único que le interesaba era vengarse de ella. Claro que… por otra parte, tal vez viviendo bajo el mismo techo que él tuviera una oportunidad de demostrarle que todo había sido una treta de su padre. Lo único que tenía que hacer para probarle su inocencia, era hacer que la llevara a la cama, pero lo malo era que ahí residía el problema: esa clase de intimidad le daba un miedo atroz.

—¿Por qué te sonrojas? —inquirió Justin de pronto.

—Es que… hace calor aquí —balbució ella tras aclararse la garganta.

—¿Tú crees? —repuso él lanzando una risotada. Tomó un sorbo de su café—. Por si te lo estabas preguntando, tendrás tu propia habitación. No espero «nada» a cambio de darte cobijo.

Shelby se puso aún más colorada, y tuvo que contener el deseo de tirarle la taza a la cabeza.

—Lo estás poniendo como si yo fuera una sin techo.

—Duele, ¿verdad? —dijo él con crueldad—. En fin, lo cierto es que Tyler no puede mantenerte, y no puedes vivir holgadamente con lo que te paga Barry Holman… y no es que le critique por ello, pero es un hecho que las secretarias de las pequeñas ciudades de provincia no ganan demasiado.

—El dinero no me importa demasiado

—repuso ella a la defensiva.

—Oh, claro que no —dijo Justin sarcástico. Y tomó otro sorbo de su café.

—Escucha, Justin... Fue todo idea de mi padre: lo del falso compromiso con Tom Wheelor y...

—Tu padre jamás me habría hecho algo así —la cortó él con aspereza. Un brillo amenazador cruzó por sus ojos al inclinarse hacia delante—. No lo uses como chivo expiatorio solo porque esté muerto. Siempre me trató como a un amigo.

«Eso es lo que tú crees», pensó ella con amargura. Estaba claro que no serviría de nada tratar de explicarle. No comprendía que Justin lo defendiera de ese modo solo porque su padre hubiera fingido que lo apreciaba.

—Jamás volverás a fiarte de mí, ¿no es cierto? —le preguntó con suavidad.

Justin se quedó estudiando un instante su bello rostro, los ojos verdes que se miraban en los suyos.

—No, un gato escaldado huye del agua. Pero si crees que me partiste el corazón, estás muy equivocada. Me di cuenta muy pronto de cómo eras en realidad, y heriste mi orgullo, pero no llegaste a mi corazón.

—No creo que ninguna mujer lo haya hecho. No dejas que nadie se te acerque

—repuso ella en el mismo tono suave, recorriendo con el dedo el borde de la taza—. Abby me dijo que hacía mucho que no salías con nadie.

—Tengo treinta y siete años —le recordó Justin—. Hace bastante que dejé atrás mis días de vivalavirgen, antes incluso de empezar a salir contigo —apuró el café y dejó la taza sobre la mesita. La miró fijamente —. Y los dos sabemos que tú también tuviste los tuyos, y con quién.

—No me conoces en absoluto, Justin —le espetó Shelby—. Ni ahora, ni antes tampoco. Antes me dijiste que para ti era un símbolo de estatus social, y al volver la vista atrás, supongo que así era en efecto — dijo riéndose con amargura—, porque recuerdo como me llevabas a todas partes, para exhibirme ante tus amigos. Me sentía como uno de esos caballos purasangre que Ty solía llevar a las carreras de obstáculos.

—Si te llevaba a todas partes conmigo era porque eras bonita y dulce, y porque me gustaba estar contigo —repuso él con aspereza—. Todo eso de que te deseaba por tu estatus no era más que una tontería.

—Vaya, gracias por decírmelo —murmuró Shelby recostándose en el sofá—. En fin, supongo que de todos modos, como tú decías, ya no importa demasiado —apuró

36

también su café y dejó la taza sobre la mesita—. ¿Vamos a tener una boda por la iglesia? —le preguntó.

—¿No te parece que ya somos un poco mayorcitos para esa clase de ceremonia? —respondió él.

—Yo quiero casarme por la iglesia —insistió ella.

—Muy bien, tendrás tu boda por la iglesia. Puedes quedarte en casa de la señora Simpson hasta que nos casemos, así será todo más discreto —Justin alzó los ojos entornados hacia ella—. Solo hay una cosa que quiero que quede bien clara: Ni se te ocurra presentarte ese día con un vestido blanco, porque si lo haces, te dejaré plantada en el altar.

—¿Y qué crees que pensarán las mujeres de la congregación si no voy de blanco? —dijo ella con una mirada dolida en los ojos verdes.

Justin se sintió mal. Quería vengarse por su romance con Tom Wheelor, pero lo cierto era que no querría verla herida.

—Puedes ponerte algo que sea de color crema —concedió a regañadientes.

El labio inferior de Shelby temblaba de rabia.

—Llévame a la cama —le dijo. Lo desafió con la mirada, pero un rubor intenso tiñó sus mejillas, y se estremeció ante su propio atrevimiento—. ¡Si crees que miento acerca de mi inocencia, puedo demostrarte que digo la verdad!

Sin embargo, antes de que Justin, que se había quedado de piedra, pudiera siquiera reaccionar, llamaron a la puerta y entró López con un mensaje para Justin.

—Tengo unos asuntos que atender —le dijo este a Shelby tras leer la nota que le tendió López—. Puedo llevarte a la casa de huéspedes y luego tal vez quieras llamar a Abby para que te ayude con los preparativos de la boda: las invitaciones y demás.

Shelby no discutió. Se sentía moralmente agotada. ¿Sería capaz de avergonzarla públicamente, como una adúltera exhibida por las calles? Apretó los dientes obstinada mientras subían al coche. No iba a permitírselo, iría de blanco, y si la dejaba tirada frente al altar, tal vez fuera lo mejor después de todo. Además, sabía que Justin era perro ladrador pero poco mordedor, por lo que seguramente no pretendía llevar a término esa amenaza… o al menos eso era lo que ella quería creer. ¡Si tan solo las cosas pudieran volver a ser como seis años atrás…!

Shelby había conocido a los Ballenger de toda la vida. De hecho, su hermano Tyler y Calhoun, el hermano de Justin, eran muy amigos, lo cuál implicaba que ella y Justin se veían de vez en cuando. Al principio él se había mostrado frío y distante, pero Shelby se lo había tomado como un reto, y había empezado a picarlo, y a flirtear con él de un modo ingenuo… y el cambio que se produjo en él fue espectacular.

En una ocasión habían acudido a una fiesta de Halloween que organizaba un amigo mutuo, y alguien le había dado a Shelby una guitarra, pidiéndole que tocara. Justin se había sorprendido de su habilidad con aquel instrumento, pero al rato su anfitrión apareció con otra guitarra e insistió en acompañarla. Ella trató de tocar más despacio, pero él era bastante torpe, y finalmente Justin se acercó, y sin una palabra extendió la mano hacia el anfitrión para que le dejase la guitarra, y este accedió con una sonrisa que Shelby no comprendería hasta momentos después, cuando Justin se sentara junto a ella, e interpretara con tanta pasión que los presentes aplaudieron entusiasmados. Después, tocaron una canción juntos, sin dejar de mirarse y, al llegar a la última nota, Justin le dedicó una sonrisa tan encantadora, que ella le entregó en ese instante su corazón.

No fue algo repentino, en realidad. Hacía mucho que la había impresionado lo cariñoso y amable que podía ser, como cuando

Calhoun y él se convirtieron en los tutores legales de Abby al morir sus padres en aquel accidente de coche.

Además, Justin estaba siempre dispuesto a echar una mano a quien la necesitase, y no había otro hombre en Jacobsville más generoso y trabajador que él. Cierto que tenía un fuerte temperamento, pero sus hombres lo respetaban, porque no les exigía nada que no se exigiese a sí mismo. Era copropietario del negocio junto con su hermano, pero él era siempre el primero en llegar y el último en marcharse cuando había algo que acabar. Tenía tantas cualidades admirables...

Además, en aquella época, Shelby era joven e impresionable, y tenía la edad justa para enamorarse perdidamente de un hombre mayor que ella.

Después de aquella noche se tropezaban en todas partes: en el restaurante donde almorzaba los martes y los jueves con una amiga; en distintos eventos sociales; en los mercadillos benéficos; cuando iba a dar un paseo a caballo cerca del rancho de los Ballenger... Entonces no se había imaginado siquiera que ella pudiera ser la razón por la que de repente un hombre tan ocupado parecía tener tanto tiempo libre ni por qué le había dado por frecuentar los lugares que ella frecuentaba. Sin embargo, se había enamorado de él y, cada segundo que pasaba a su lado, se enamoraba más y más de él.

Y de pronto, un día, todo cambió. Habían ido a hacer una excursión juntos a caballo, y tras detenerse para que descansaran sus monturas, se habían puesto a pasear, hasta que Justin se paró bajo un árbol, apoyándose en su tronco. No dijo una palabra, pero la mirada en sus ojos no podía ser más elocuente. Tenía un cigarrillo en la mano derecha, pero le tendió la otra a Shelby. Ella no sabía qué iba a pasar, pero tomó su mano. El corazón le palpitaba con violencia, y no podía dejar de observar los labios de él con ansiedad. Quizá Justin sabía que lo deseaba, pero no se aprovechó de ello.

La atrajo hacia sí. Solo sus manos se tocaban. Los ojos negros de Justin buscaron los iris verdes de Shelby, inclinó despacio la cabeza, dándole tiempo para dudar, para apartarse, para mostrarle que no quería lo mismo que él... Pero Shelby sí lo quería. Se quedó muy quieta, sin cerrar los ojos, hasta que los labios de Justin rozaron los suyos suavemente. Un instante después, él alzó de nuevo la cabeza y volvió a mirarla.

Dejó caer el cigarrillo sobre la hierba y lo aplastó con la punta de la bota, mientras el corazón de Shelby amenazaba con salírsele del pecho. Los brazos de Justin la rodearon atrayéndola un poco hacia sí, se inclinó de nuevo sobre ella, y la besó con ternura y respeto. Shelby respondió, besándolo del mismo modo, le pasó los brazos por encima de los hombros, y dejó que su mente se hundiese entre lo que parecían interminables oleadas de placer.

Justin se apartó al cabo de un largo minuto y la soltó sin decir nada, para a continuación tomarla de la mano y seguir caminando.

—¿Quieres una boda a lo grande, o te conformarías con una por lo civil? —le preguntó de improviso, como si le estuviera hablando del tiempo.

Y así fue como se prometieron. Aquella noche Justin fue a su casa para darle juntos la noticia a su padre. Fue un tremendo para el viejo Bass Jacobs, pero no se lo dejó entrever, recobrando pronto la compostura y charlando animadamente con Justin, dándole la bienvenida a la familia. Después, Shelby acompañó a Justin a su rancho para comunicarles la buena nueva también a Calhoun y a Abby, pero el primero había volado a Oklahoma para ver a un hombre por negocios, y Abby había dejado una nota para decir que iba a pasar la noche en casa de una amiga.

Así pues, se encontraron sin esperarlo con la casa para ellos dos solos. Shelby recordaba vivamente cómo se habían reído y brindado por su futura felicidad. Justin la había abrazado y la había besado de un modo muy diferente, y ella se había sonrojado ante la intimidad de sentir la lengua de él en su boca.

—Shelby, vamos a casarnos —le susurró él encantado ante ese pudor—, no te haré daño.

—Lo sé —respondió ella ocultando el rostro en su camisa blanca—, es solo que esto es nuevo para mí, el estar así... contigo.

—También es nuevo para mí —murmuró él. Su tórax subía y bajaba.

Se desabrochó la camisa, botón a botón, la abrió, y colocó suavemente las manos de ella en su pecho bronceado y musculoso.

—Acaríciame, Shelby —la instó.

Ella se puso un poco nerviosa, pero cuando él se inclinó para tomar sus labios una vez más, logró empezar a relajarse y a disfrutar del tacto de su piel y de su aroma.

Justin apretó las manos de Shelby más fuertemente contra sí, y cuando ella lo miró a los ojos, vio en ellos una expresión que no había visto antes en todas las semanas que habían estado saliendo, algo salvaje y fuera de control. Se estremeció al comprender que se trataba de deseo, pero antes de que pudiera reaccionar, Justin le pasó la mano por debajo de la nuca, atrayéndola hacia sus labios, devorándolos con besos breves, como mordiscos, que tuvieron en ella un efecto inesperado y sorprendente.

Gimió asustada por aquellas sensaciones desconocidas, pero para Justin un gemido tenía un significado totalmente distinto. Creyó que estaba tan inmersa en el placer como él, y las incursiones de su boca se hicieron más insistentes, a la vez que bajó las manos hasta las caderas de ella, alzándola hacia sí en un abrazo que la dejó sin sentido.

Sabía muy poco acerca de los hombres y del sexo, pero los contornos rígidos de cierta parte de la anatomía de Justin le indicaron muy gráficamente que estaba excitándose, y lo sintió gemir dentro de su boca mientras se frotaba contra ella.

Shelby trató de revolverse, pero él era muy fuerte, y la pasión lo tenía desbocado. De hecho, no se percató de que ella estaba tratando de apartarse de él hasta que Shelby despegó los labios de los suyos y lo empujó, rogándole que parara.

Justin alzó la cabeza con la respiración entrecortada y la frustración escrita en la mirada.

—Shelby… —gimió él desesperado.

—¡Suéltame! —le suplicó ella—, por favor, Justin… no…

—Pararé antes de que lleguemos al final —le susurró él contra sus labios, inclinándose para besarla de nuevo.

Las protestas de Shelby se vieron ahogadas por la cálida boca de él, y de pronto notó que la alzaba en volandas y la llevaba al sofá, tendiéndola sobre los suaves cojines.

La insoportable necesidad de ella hizo que Justin se estremeciera antes de volver a besarla con fiereza, tumbándose encima. A Shelby le estaba entrando verdadero pánico. Sabía lo que podía ocurrir, y era muy posible que él, a pesar de sus intenciones, no fuera capaz de detenerse llegado el momento.

—¡Justin! —lo llamó suplicante.

—No voy a arrebatarte tu castidad, Shelby —murmuró él deslizando las manos hacia sus caderas—. Oh, Dios, cariño, no me hagas esto. Déjame que te ame, Shelby...

Sus últimas palabras se vieron ahogadas al presionar sus labios de nuevo contra los de ella, con mayor ansia aún. A Shelby pronto le quedó patente la absoluta falta de control de Justin al sentir cómo empujaba sus caderas hacia las de ella, y cómo sus manos buscaban sus senos, pero fue al meter él una rodilla entre sus piernas cuando le entró verdadero pánico.

Trató otra vez de revolverse, y al cabo de un rato, él por fin se percató de su oposición.

Alzó la cabeza, con la llama de la pasión todavía en sus ojos negros, y se quedó mirándola un instante, desconcertado. Al leer el rechazo en la expresión de Shelby y notar la rigidez de su cuerpo, se apartó de ella y se puso de pie. Pasó un buen rato antes de que ella recobrara el aliento, y para entonces Justin se había alejado varios metros, y estaba apoyado en un mueble fumando un cigarro.

Tras varios minutos de tenso silencio, él sirvió brandy en dos vasos, y le tendió uno a Shelby, sonriendo burlón ante el modo en que ella evitó rozarle siquiera la mano al tomarlo.

—Espero que sepas que no tengo planeado dormir en otra habitación cuando nos casemos —le dijo sombrío.

—Lo sé —murmuró ella tomando un sorbo del vaso. Las manos le temblaban de un modo exagerado. Quería explicarle lo que le ocurría, pero Justin, con su actitud, no se lo estaba poniendo nada fácil—. Justin, yo... soy virgen.

—¿Acaso crees que no lo sé? —masculló él. Se volvió a mirarla, pero su rostro era una máscara impenetrable—. ¡Por amor de Dios, vamos a casarnos! ¿Esperas que me mantenga a un metro de ti hasta que te haya puesto el anillo en el dedo?

Shelby enrojeció y bajó la vista al vaso.

—Tal vez… tal vez sería lo mejor —dijo en un hilo de voz.

—Teniendo en cuenta mi falta de control, quieres decir —apuntó él en un tono gélido que jamás había usado antes con ella.

Apuró el brandy y al cabo de un rato pareció disiparse su ira, para alivio de Shelby. No se disculpó, pero se acercó a ella, la tomó de la mano y le sonrió como si nada hubiera pasado. Siguieron bebiendo juntos y, cuando los efectos del alcohol empezaban a evidenciarse en ambos, le enseñó una canción de taberna mexicana. En ese momento entraron María y López, que volvían de una fiesta, y tras una buena regañina de la mujer a Justin por enseñarle una canción tan grosera, él la había llevado de vuelta a casa.

Shelby había esperado el día de la boda con ilusión, pero también con miedo. Temía que llevado por aquella pasión desenfrenada, se olvidara de no hacerle daño.

Durante los días que siguieron, no obstante, la demostración de amor más apasionada que le hizo Justin fue tomarla de la mano y besarla en la mejilla, así que Shelby se relajó y volvió a disfrutar de su compañía.

Y entonces, de pronto, su padre puso fin a su relación. Le dijo que debía dejar a Justin si no quería verlo perder todo cuanto tenía. Justin acabaría odiándola, le dijo, la culparía por haberlo dejado en la ruina, y su matrimonio no tendría ninguna posibilidad, porque su orgullo se encargaría de destrozarlo.

Por aquel entonces ella era muy joven e ingenua, mientras que su padre era un perro viejo en cómo conseguir siempre lo que se proponía. Consiguió la ayuda de Tom Wheelor, prometiéndole una beneficiosa fusión, y la obligó a mentir a Justin, admitiendo que tenía un romance con Tom, y que solo le interesaban el dinero y una elevada posición social, cosas que Justin no podía darle.

Hacía ya tanto tiempo de eso, se dijo Shelby, y había habido tanto dolor... Ella solo había querido proteger a Justin, evitarle la agonía de perder todo aquello por lo que su familia y él habían trabajo tan duramente. Y sin embargo, al mismo tiempo, había sacrificado su propia felicidad. No podía culpar a Justin por la frialdad con que la trataba. Además, no se culpaba a sí misma solo por haberlo hecho sufrir tanto, sino también por no haber sido honesta con él respecto a la razón por la que le daba pánico que la tocara.

Iba a casarse con ella por lástima, no por amor. Y estaban también sus deseos de venganza, claro. No sabía cómo iba a sobrellevar el vivir con él, pero estaba segura de que tan solo la proximidad lo llevaría a cambiar de actitud. Tal vez incluso, algún día, reuniría el coraje suficiente para decirle la verdad y hacerle comprender.

Había dicho que se casaría con él, y no iba a echarse atrás. No, iba a tratar de hacer que aquello funcionara.

Capítulo tres

IMAGINO que Justin no te lo está poniendo fácil, ¿verdad? —le preguntó Abby a Shelby mientras la ayudaba a escribir las direcciones en las invitaciones de boda.

Shelby giró la cabeza hacia la ventana de la sala de estar de la casa de huéspedes y se apartó un mechón oscuro del rostro con un suspiro.

—Aún no me ha perdonado por lo que le hice. Es un hombre inflexible, Abby, pero tampoco puedo reprocharle cómo se siente. Herí profundamente su orgullo. Entonces yo creía estar salvándolo —añadió con una sonrisa triste—: Mi padre no quería a un vaquero por yerno. Me tenía destinado un hombre rico, un enlace muy conveniente para él. Pero yo no tenía intención de dejarme manipular, y cuando le dije que iba a casarme con Justin, se empeñó en destruir nuestra relación. Hasta ese día nunca me di cuenta de su tremenda falta de escrúpulos —confesó cerrando el sobre que tenía en la mano—. Me amenazó con llevar a Justin a la ruina si no lo dejaba. Yo pensé que era solo una bravata, así que no le hice caso, pero el banco procedió a ejecutar la hipoteca sobre la nave de engorde de ganado, y los hermanos Ballenger estuvieron a punto de perderlo todo.

—Pero yo pensaba que en aquella época el negocio era ya bastante próspero —murmuró Abby extrañada.

—Y lo era, fue todo obra de mi padre, él tenía influencias y consiguió que el banco los presionara con los pagos. Lo hizo para demostrarme que no bromeaba. Justin me habló del juicio por insolvencia, estaba destrozado... Llegó incluso a sugerir que tal vez lo mejor sería romper nuestro compromiso. Mi padre me prometió que si dejaba a Justin, él se encargaría de mover ciertos hilos con la gente del banco para que detuvieran la subasta pública de la nave. Yo sabía que si lo hacía no habría vuelta atrás, pero sabía que de cualquier modo iba a perder a Justin, así que... acepté.

—¿Y qué hizo tu padre? —inquirió Abby, inclinándose hacia delante sobre la mesa.

—Convenció a Tom Wheelor para que interpretara el papel de mi nuevo prometido. Fue con él a ver a Justin, y le dijo que en realidad yo estaba enamorada de Tom, y que solo había estado saliendo con él para ponerlo celoso y hacer que se decidiera a proponerme matrimonio. Me presentó a sus ojos como la culpable de todo, y Justin lo creyó. Y le dijo también que, mientras estuvimos saliendo, yo había estado acostándome con Tom todo el tiempo, y este se lo confirmó.

—Pero no era cierto —la interrumpió Abby con convencimiento.

—No, por supuesto que no —respondió Shelby con una sonrisa agradecida por que la joven fuera capaz de ver la verdad—, pero yo no tenía otro remedio que seguirle el juego a mi padre si quería salvar el negocio de Justin. Así que, cuando Justin me llamó por teléfono, pidiéndome que le dijera la verdad, le respondí con las frases que mi padre me había preparado —murmuró bajando la vista a la alfombra—. Le dije que lo único que yo quería era a un hombre con dinero, que nunca había sentido nada por él, y que no había sido para mí más que un juego para conseguir a Tom —cerró los ojos odiándose a sí misma—. Nunca olvidaré el silencio al otro lado de la línea, ni cómo me colgó, despacio, sin una palabra. Unas semanas después no se volvió a oír nada del juicio por insolvencia, así que imaginé que mi padre habría hablado ya con la gente del banco. Tom Wheelor y yo estuvimos saliendo un tiempo para que Justin creyera la mentira, y después me marché seis meses a Suiza, donde hice todo lo posible para matarme en las pistas de salto con esquís. Finalmente regresé, sintiendo que mi padre había matado algo en mi interior. Él mismo se dio cuenta, justo antes de su muerte, y me pidió perdón, pero ya era demasiado tarde.

—Si tan solo pudiéramos hacer que Justin te escuchara... —suspiró Abby.

—No lo hará, no puede perdonarme lo que le hice, Abby —replicó Shelby—. Para él fue como si lo ejecutaran en público, porque todo el mundo se enteró de que lo había dejado plantado por un hombre más rico. Ya sabes cómo odia que la gente murmure a sus espaldas... Aquello destrozó su orgullo.

—Pero debió darse cuenta de que tu padre no aprobaba en realidad que se casara contigo, ¿no es cierto?

—Oh, eso fue lo mejor de todo —murmuró Shelby con ironía—. Mi padre hizo una representación tan perfecta el día que le dijimos que íbamos a casarnos, dándole la bienvenida a la familia, repitiéndole una y otra vez lo orgulloso que estaba de que fuera a ser su yerno... —explicó con una risa amarga—. Incluso cuando fue con Tom a verlo, según me contó Justin, mi padre se deshizo en lágrimas por el modo en que yo lo había tratado.

—¿Y todo eso solo porque quería casarte con otro hombre?, ¿es que no le importaba nada tu felicidad?

—Mi padre quería construir un imperio —contestó Shelby—, y no le importaba tener que pasar incluso por encima de sus propios hijos para lograr sus objetivos. Tyler nunca llegó a enterarse de lo que ocurrió realmente. Se habría puesto furioso. Pero claro, el trato con mi padre también implicaba eso, que ni Ty debía saber nada al respecto.

—Pero... y después de morir vuestro padre... ¿por qué no se lo contaste?

—No quiero que se sienta aún peor por mí. Además, Ty siempre ha sido bastante solitario. Hasta a mí me cuesta hablar con él de cosas serias, de acercarme a él. Le cuesta mucho abrirse a la gente. Nuestro padre fue especialmente duro con él: siempre estaba ridiculizándolo durante nuestra infancia, y se convirtió en un tipo duro al crecer. No tuvo más remedio, de otro modo no habría sobrevivido a nuestra vida familiar.

—No tenía ni idea —murmuró Abby—. Tu hermano siempre me ha caído bien. Es muy especial.

Shelby no le había contado a Abby lo que Justin le había dicho del vestido. Era demasiado humillante. Sin embargo, no estaba dispuesta a ser el objeto de murmuraciones, y menos cuando ella tenía todo el derecho del mundo a ir de blanco. Así pues, al día siguiente fue a la tienda que regentaba una vieja amiga de la infancia, y compró un discreto traje de falda y chaqueta de lino blanco.

No iba a ir de ningún otro color. Podía probarle a Justin que era virgen si hacía falta.

Después de salir de la tienda, se dirigió a la consulta del doctor Sims, su médico de cabecera desde hacía años, para hacerse el examen premarital. El hombre alto y canoso era casi como de la familia, y tras examinarla y sacarle sangre para un análisis, le habló con franqueza:

—Se trata de una operación sin importancia, Shelby. Apenas te dolerá. Y, no quiero asustarte con esto, pero si no lo hacemos, tu noche de bodas puede convertirse en un infierno.

Después le explicó en detalle en qué consistiría la intervención quirúrgica. Shelby comprendió que no tenía otra opción. Justin podía jurar y perjurar que no iba a ponerle un dedo encima, pero sería muy poco realista por su parte pensar que iban a convivir durante el resto de sus vidas sin hacer «nada». Y esa operación disminuiría en parte el dolor...

Le dijo al médico que lo haría, pero insistió en que quería solo un arreglo parcial, para que no quedaran dudas de que era virgen. El doctor Sims meneó la cabeza murmurando algo acerca de esas «idioteces anticuadas», pero le dijo que lo haría como ella quería, y le dio cita para el día siguiente.

De buena gana Shelby se habría hecho la operación completa, pero aquella era la única prueba factible que podía darle a Justin de su inocencia, lo demás, eran solo palabras, y esas no las aceptaría nunca.

La boda fue el acontecimiento social de la temporada. Shelby no había esperado que tanta gente acudiera a la iglesia metodista de Jacobsville para verlos casarse, y es que había bastante gente sin invitación.

Abby y Calhoun estaban sentados en el banco de la familia Ballenger, con las manos enlazadas. Se les veía tan enamorados, que era como si un aura cálida flotase a su alrededor. Junto a ellos estaba Tyler, el hermano de Shelby, y en ese mismo lado estaban acomodados vecinos y amigos, como Misty Davies, la mejor amiga de Abby. Cuando Shelby entró no vio a Justin por ningún lado, y casi le dio un ataque de pánico al recordar lo que le había dicho que haría si iba vestida de blanco, pero volvió a respirar tranquila al ver que aparecía por el lateral del altar junto con el sacerdote. Se mordió el labio inferior, y agarró con fuerza el ramo de margaritas para evitar ponerse a temblar mientras avanzaba por el pasillo central.

Justin y ella habían decidido prescindir de damas de honor y padrinos, de hecho habían querido que la ceremonia fuera lo más sencilla posible.

Cuando Shelby llegó al altar y se colocó en su sitio, alzó la vista hacia Justin, desafiándolo con la mirada a que se atreviera a dejarla plantada por haberse vestido de blanco. Fue un momento de mucha tensión y, por un instante, casi le pareció que iba a hacerlo, pero finalmente Justin giró el rostro hacia el sacerdote, y comenzó la ceremonia.

Justin repitió una a una cada frase, en un tono monocorde, y le deslizó una fina alianza de oro en el dedo a Shelby.

Finalmente, cuando el sacerdote los declaró marido y mujer, dando permiso a Justin para besar a la novia, se volvió hacia ella con una expresión que esta no pudo descifrar, y se quedó mirándola largo rato antes de inclinar la cabeza y darle un beso frío en los labios.

A continuación, sin darle tiempo a actuar, la tomó del brazo y la hizo avanzar con él por el pasillo central, sin apenas dar tiempo a los invitados a que los felicitaran.

No habían organizado un banquete, pero sí se hizo un cóctel en los jardines de la iglesia, donde se consumieron los tradicionales canapés y pasteles, regados con ponche, mientras Shelby y Justin agradecían a los invitados su presencia y conversaban un poco con cada uno.

Alguien había llevado una cámara, y les pidió que se pusieran juntos para hacerles una foto. Shelby aceptó antes de que Justin pudiera negarse. Le daba bastante rabia que no hubieran contratado a un fotógrafo, pero así al menos tendría un recuerdo de ese día.

Se colocó a su lado y sonrió, mientras que él se limitó a rodearla con el brazo.

Luego, en cuanto el improvisado fotógrafo se retiró, Justin la miró furibundo.

—Te dije que cualquier color excepto el blanco —masculló.

—Sí, Justin, lo dijiste —contestó ella muy calmada—, pero, ¿cómo te habrías sentido tú si yo te hubiera dicho que te pusieras un vestido azul en vez de un traje de chaqueta y pantalón?

Justin parpadeó incrédulo.

—El color blanco significa... —comenzó irritado.

—... que es la primera boda de una mujer

—dijo ella terminando su frase—. Y esta es mi primera boda.

Los ojos de Justin relampaguearon.

—Tú y yo sabemos que hay otra razón implícita para vestir de blanco en las bodas, y tú no tienes derecho a llevarlo.

La mirada de Shelby se ensombreció, y Justin entornó los ojos.

—Oh, sí, ahora recuerdo que me dijiste que podrías probarme que eras virgen... —murmuró con una sonrisa cruel—. Tal vez este sea el momento.

Shelby enrojeció y apartó la vista. No tenía derecho a tratarla así.

—No tengo que demostrarte nada.

La risotada sarcástica de Justin hirió su corazón.

—¿No puedes, no es eso? Era solo una bravata, debí imaginarlo.

—Justin...

—Déjalo —la cortó él sacando un cigarrillo y encendiéndolo—. Como ya te he dicho, no vamos a compartir la cama. Me da igual si eres virgen o no.

La tristeza de lo que podría haber sido y no fue inundó a Shelby. Alzó los ojos hacia las duras facciones de él, escrutándolas con adoración. No era guapo, pero sí muy masculino: tan fuerte y atlético... Tenía exactamente el aspecto que siempre había pensado que debía tener un hombre.

En ese momento Justin bajó la vista y la descubrió mirándolo arrobada. Se quedó con el cigarrillo en el aire, sosteniéndole la mirada tanto rato, que el corazón de Shelby empezó a latir como un loco.

Ella bajó los ojos hacia los labios de él, y la sacudió de pronto un ansia tremenda de besarlos. ¡Si tan solo pudiera actuar como la mujer desinhibida que quería ser, en vez de la mujer inocente y asustada que era! El problema era que Justin la intimidaba, porque estaba segura de que tenía casi tanta experiencia como Calhoun con las mujeres, y temía decepcionarlo. Si pudiera contarle la verdad y pedirle que la tratara con delicadeza... No, era imposible, temblaba de solo pensar que tuviera que hablarle de algo tan íntimo. Por suerte en ese momento apareció Tyler, salvándola de otro de los comentarios mordaces de Justin.

—Shel, tengo que irme ya —le dijo agachando la cabeza para besarla en la mejilla—. A mi jefa temporal le dan verdadero pánico los hombres, y tengo que acudir... «en su rescate».

—¿En serio? —dijo su hermana divertida.

—No te lo imaginas: se esconde detrás de mí en los bailes y en las reuniones... Es realmente embarazoso.

60

La joven contuvo la risa. A su independiente hermano no le gustaba nada que las mujeres se colgasen de él, y manejar a aquella debía estar resultándole particularmente difícil.

Su jefa temporal, como él la llamaba, era la sobrina de su jefe. Vivía en Arizona, donde estaba tratando de sacar adelante un rancho para turistas cargado de deudas, por lo que el jefe de Tyler en Jacobsville lo había mandado allí para ayudarla.

—Tal vez se sienta segura a tu lado —apuntó Shelby.

Tyler resopló molesto.

—Sea como sea, esto tiene que acabar. Es como tener una hiedra enredada al cuerpo.

—¿Es fea? —inquirió Shelby.

—Bah, no es nada sofisticada, y no, no es muy guapa —murmuró su hermano—. Supongo que no está mal... si te gustan los marimachos. Y a mí no me gustan —apostilló.

—¿Y por qué no lo dejas? —preguntó Justin—. Puedes trabajar para Calhoun y para mí. Lo del puesto que te ofrecimos sigue en pie.

—No lo he olvidado, Justin, y debo decir que me sentí muy agradecido por vuestra oferta... sobre todo teniendo en cuenta la tirante relación entre nuestras familias en esos días —respondió Tyler con sinceridad—. Pero no, no quiero abandonar. Este trabajo es una especie de reto para mí.

—Bueno, cuando eches esto de menos siempre puedes venir a visitarnos una temporada —le ofreció Justin con una sonrisa.

—Tal vez algún día —contestó Tyler—. Me gustan los niños —añadió—; no me importaría tener unos cuantos sobrinos.

Ante ese comentario, Justin pareció querer estrangularlo, y Shelby se puso como la grana. Tyler frunció el entrecejo sin entender la reacción de ninguno de los dos, pero por fortuna aparecieron en ese instante Calhoun y Abby.

—Bonita boda, ¿eh? —le dijo Calhoun a Tyler, con el brazo en torno a su esposa. Ella se rio—. ¿No te dan ganas de seguir el ejemplo de Shelby y Justin?

—No, me entran ganas de ponerme una vacuna contra esta epidemia... y rápido —murmuró el hermano de Shelby divertido.

—Un día cambiarás de opinión, ya lo verás —le aseguró Calhoun—. Al final acaban echándonos a todos el lazo al cuello —añadió, esquivando un golpe de Abby—. Lo siento, cariño —dijo riéndose mientras la besaba en la frente—, ya sabes que no lo decía en serio.

—Si quieres podemos llevarte al aeropuerto, Ty —le dijo Abby.

—He alquilado un coche, pero gracias de todos modos —respondió el hermano de Shelby.

—Te acompañaremos fuera —le dijo Calhoun.

—Que seas muy feliz —le deseó Tyler a su hermana besándola de nuevo en la mejilla.

—Eso espero —respondió ella sonriendo a Justin.

Tyler asintió, pero no parecía muy convencido, y cuando salió de la parroquia con Calhoun y Abby había un matiz de seria preocupación en su rostro.

El cóctel se le hizo eterno a Shelby, y no podía sentirse más aliviada cuando al fin estuvieron en casa. Justin le había pedido a María que preparara la habitación de invitados. La anciana mujer se había quedado muy extrañada, pero la dura mirada en los ojos de Justin le dijo que era mejor no preguntar. Después de todo, comprendía más de lo que él creía. Sabía, tan bien como las demás personas que trabajaban en el rancho, que, a pesar de su despecho, Justin seguía sintiendo cierta debilidad por Shelby, y al haberse quedado ella sola y en la pobreza, no les había sorprendido que se casara con ella. Y lo cierto era que tampoco les extrañaría que de paso aquella fuera su tan esperada venganza.

—Gracias a Dios que se ha acabado —dijo Justin cansado cuando se quedaron solos en la casa.

Se desanudó la corbata, se desabrochó el cuello de la camisa, y se remangó.

Shelby dejó el bolso en la mesita del vestíbulo, y se quitó los zapatos de tacón aliviada, masajeándose los pies.

Justin la miró y sonrió, pero se dio la vuelta antes de que ella pudiera darse cuenta.

—¿Quieres que salgamos a cenar o prefieres que nos quedemos aquí?

—Me da igual.

—Bueno, supongo que resultaría un poco chocante que saliéramos a un restaurante en nuestra noche de bodas, ¿no es así? —le dijo con una sonrisa burlona.

—Adelante, estropéalo por completo. Dios no permita que disfrute del día de mi boda —le espetó ella enfadada. Le dio la espalda y empezó a subir las escaleras.

—¿De qué diablos estás hablando? —inquirió él frunciendo el ceño.

Shelby no se volvió a mirarlo. Se mantuvo agarrada al pasamanos con la mirada fija en el rellano superior.

—No podrías haber expresado con más claridad tus sentimientos aunque hubieras llevado una pancarta con todas tus quejas escritas con sangre. Sé que me odias, Justin, que te has casado conmigo por lástima, y también sé que parte de ti aún desea hacerme pagar por lo que te hice.

Justin había encendido un cigarrillo, y estaba fumando, apoyado en el quicio de la puerta del salón.

—Es bastante duro que destrocen tus sueños, ¿sabes? —repuso él con frialdad.

Shelby se giró y lo miró a los ojos.

—Tú no eras el único que tenías sueños, Justin, ¡yo te quería!

—Y por eso me dejaste tirado en la cuneta por ese chico millonario —masculló él.

Shelby acarició el pasamanos distraídamente.

—Qué extraño que no me casara con él, ¿no te parece? —le preguntó en un tono casual—. ¿No dirías que es muy extraño, cuando estaba tan desesperada por conseguir su dinero?

Justin apartó un instante el cigarrillo de sus labios.

—Supongo que te dejaría al darse cuenta de que como hombre no te interesaba en absoluto.

—Yo nunca estuve interesada ni en él, ni en su dinero —puntualizó Shelby—, mi familia tenía más que suficiente.

—¿De veras? —contestó Justin con una sonrisa irónica. ¿Qué se creía?, ¿que era un idiota?, ¿que no sabía que antes de morir su padre hacía ya tiempo que su familia tenía problemas financieros?

—¿Por qué te niegas a escucharme? —murmuró ella—. He tratado de explicarte por qué rompí el compromiso...

—¡Ya lo creo que me lo explicaste! Rompiste conmigo porque no podías soportar mis caricias... pero yo ya sabía eso de mucho antes —le dijo. Había un brillo peligroso en su mirada—. Lo supe cuando me apartaste la noche en que nos prometimos —añadió con voz ronca—. Lo supe cuando vi que estabas temblando como una hoja, con los ojos abiertos como platos. Te faltó tiempo para alejarte de mí.

Shelby entreabrió los labios ligeramente.

—Y tú pensaste que era porque me produces repulsión, por supuesto —sugirió ella tristemente.

—¿Qué otra cosa podía pensar? —replicó él furioso—. No nací ayer —se dio la vuelta de nuevo—. Sube y cámbiate. Cenaremos aquí. No sé tú, pero yo tengo hambre.

Shelby querría haberle dicho la verdad, pero él actuaba de un modo tan distante... Con un suspiro, se dio media vuelta y terminó de subir las escaleras, preguntándose cómo iba a vivir con un hombre con el que ni siquiera podía sincerarse.

Cenaron juntos en el comedor. María les había dejado algo de cena en el horno antes de marcharse con su marido a casa de unos parientes.

Justin había terminado ya su plato de estofado con ensalada, y observaba, recostado en la silla, a Shelby pinchando pensativa la lechuga con el tenedor. Se sentía culpable por cómo había resultado el día, pero en cierto modo tenía motivos para haberse comportado como se había comportado. Solo estaba tratando de protegerse, de evitar salir herido por segunda vez. Seis años atrás su corazón había quedado destrozado, y le molestaba volver a sentirse vulnerable, pero ver a Shelby triste era aún peor.

—Maldita sea, no pongas esa cara —le dijo.

Ella alzó los ojos hacia él, y Justin vio que su mirada se había tornado totalmente apagada.

—Estoy cansada —adujo Shelby quedamente—. ¿Te importa que suba a mi dormitorio cuando acabemos de cenar?

—Sí, me importa —contestó él malhumorado, arrojando la servilleta sobre la mesa y encendiendo un cigarrillo—. Es nuestra noche de bodas.

Shelby se rio con amargura.

—Lo es. ¿Qué tienes planeado?, ¿lanzarme

unas cuantas puyas más acerca de mi pasado libertino?

Justin frunció el ceño. Nunca la había oído hablar de aquel modo, ni en ese tono. Estaba portándose de una forma despreciable con ella, y no era justo: había perdido a su padre, su hogar, el estilo de vida al que estaba acostumbrada… incluso a su hermano, que había tenido que dejarla por trabajo. Había aceptado casarse con él porque necesitaba un poco de seguridad, y lo único que le había dado hasta el momento era un verdadero infierno. No quería hacerle daño, pero muchas veces no podía contener las palabras. Las heridas eran demasiado profundas.

Suspiró con pesadez y escrutó el rostro de Shelby, recordando tiempos mejores, más felices, aquellos tiempos en los que con solo verla sonreír se sentía embriagado.

—¿Estás segura de que quieres seguir trabajando? —le preguntó por cambiar de tema.

—Sí, me gustaría —murmuró ella sin levantar la vista del plato—. Nunca antes había hecho nada, excepto colaborar con asociaciones benéficas, y me gusta.

—¿Y Barry Holman también? —preguntó Justin sin poder evitarlo.

Shelby se puso de pie. Todavía llevaba puesta la falda blanca que había llevado en la ceremonia, junto con una blusa rosa pálido, y estaba muy femenina y elegante. El largo cabello le caía en cascada sobre los hombros, y Justin sintió deseos de levantarse también, agarrar dos puñados de esos rizos entre sus dedos y besarla hasta que no pudiera mantenerse en pie.

—El señor Holman es mi jefe, no mi amante —respondió Shelby—. No tengo ningún amante.

Justin se puso en pie y avanzó despacio hacia ella con los ojos entornados y el cuerpo tenso por los años de deseo reprimido.

—Pues vas a tener uno a partir de hoy —le dijo bruscamente.

Shelby no se movió. No iba a darle la satisfacción de verla huir despavorida. Alzó la barbilla a pesar de que las rodillas le temblaban y el corazón le golpeaba con fuerza. Le tenía miedo por el ardor descontrolado que había mostrado en el pasado, porque quería venganza, porque creía que ella tenía experiencia, y porque, aunque se había sometido a aquella operación parcial, sabía que podía dolerle muchísimo.

Justin advirtió el temor en sus ojos.

—Estás muy equivocada, cariño —le dijo—, totalmente equivocada. Nunca te haría daño en la cama, ni por vengarme de ti, ni por ningún otro motivo.

Shelby ahogó un sollozo, y empezó a temblarle el labio inferior mientras los ojos se le llenaban de lágrimas. Justin la miró sorprendido por aquella reacción, pero Shelby no lo vio porque había agachado la cabeza.

—Tal vez no podrías evitarlo —susurró ella.

—Shelby, ¿de verdad te doy miedo? —inquirió Justin con voz queda.

Ella encogió los hombros incómoda.

—Sí. Lo siento.

—¿También te daba miedo él... Wheelor?

Shelby abrió la boca para responderle, pero desistió de darle más explicaciones porque, ¿de qué serviría? De todos modos no la escucharía. Se dio la vuelta y se dirigió hacia la escalera.

—Huyendo no se soluciona nada —le espetó él enfadado.

—Intentar razonar contigo tampoco —replicó ella deteniéndose al pie de la escalera y girándose a mirarlo. Tenía los ojos brillantes por las lágrimas no derramadas y la rabia—. Hazme pagar lo que te hice. De todos modos ya no tengo nada que me importe, no tengo nada que perder. Pero tranquilo, no voy a humillarte teniendo ningún romance. A pesar de lo que pienses de mí, no me muero por tener un hombre a mi lado.

—No hace falta que me lo digas —respondió él—. ¡Hasta un trozo de hielo me habría dado más calor que tú aquella noche!

Shelby sintió el impacto de esas palabras como dagas en la piel. ¿También pensaba que era frígida?

—Tal vez a Tom Wheelor le di más que a ti —le espetó.

La furia incendió los ojos negros de Justin, y fue hacia ella antes de controlarse y detenerse a unos pasos.

—Buenas noches, Justin. Gracias por darme un techo y un lugar donde vivir —le dijo Shelby alzando la barbilla.

Justin la siguió con la vista mientras subía las escaleras, entre enfadado y arrepentido por su arranque de ira. Estaba volviendo a perderla... otra vez.

Capítulo cuatro

SHELBY había albergado esperanzas de que Justin la amara aún, de que se hubiera casado con ella porque todavía sentía algo por ella, no solo por lástima, pero el día de la boda la había convencido de que, si había quedado en él algún resquicio de aquel amor, se había desvanecido por completo a causa de la amargura de los últimos seis años.

No sabía cómo superar sus propios temores y el resentimiento de él. Su matrimonio se presentaba ante sus ojos tan vacío como había sido su vida hasta entonces. No habría en ella bebes con el pelo negro de Justin a los que criar, no harían el amor dulcemente a oscuras, como había soñado, no compartirían el gozo de construir una vida juntos… Solo tendrían dormitorios separados, vidas separadas, y la sed de venganza de él.

Se había ido deprimida a dormir la noche anterior, pero los días que siguieron no fueron mejores. Justin toleraba su presencia, pero casi siempre estaba fuera. Durante las comidas solo le dirigía la palabra si era necesario, y nunca la tocaba. Era como un anfitrión educado en vez de un marido.

Shelby estaba empezando a sentirse desesperada. Barry Holman le había dado unos días libres, para su luna de miel, pero, ¿qué luna de miel podía esperar? Al día siguiente a la boda, Justin se había despedido de ella de un modo impersonal tras el desayuno, y se había marchado directamente a la nave. Shelby trató de entretenerse, yendo incluso con la loca de Misty a hacer rafting y puenting, pero al cabo de varios días sintió que ni siquiera las emociones fuertes la llenaban, y llamó a la oficina para saber cómo iban las cosas. Echaba muchísimo de menos el trabajo porque era lo único que la ayudaba a no pensar en su desastroso matrimonio y en sus problemas.

La secretaria suplente, Tammy Lester, contestó el teléfono. Por el tono entrecortado de su voz era más que evidente que la poca paciencia del señor Holman estaba volviéndola loca, así que Shelby se puso un vestido veraniego blanco y rojo y decidió irse a la oficina.

El viejo sedán se estropeó en medio de la carretera y tuvo que llamar para que lo remolcaran hasta el taller-concesionario de Jacobsville.

Una vez allí, como si fuera cosa del destino, los ojos de Shelby se posaron sobre el pequeño coche deportivo que fuera de Abby y está había vendido al concesionario. El verlo le trajo muchos recuerdos. Ella había conducido uno muy parecido durante los seis meses más oscuros de su vida, los meses que había pasado en Suiza después de devolverle a Justin su anillo. Le encantaba aquel coche, pero había tenido un accidente con él y había quedado inservible. En contra de lo que se pudiera pensar, el choque no la había hecho perder el entusiasmo por los coches rápidos, y allí estaba aquel, tentándola. Siempre le había gustado la sensación de libertad que daba conducir a toda velocidad por las autopistas.

Como el tipo del concesionario sabía quién era su marido, ni siquiera le requirió un aval, y acordaron el pago en varios plazos que ella podía pagar de su propio salario.

Así pues, Shelby salió del concesionario conduciendo su coche seminuevo, y al aparcarlo junto a la oficina y bajarse, se quedó admirándolo un buen rato, satisfecha. Estaba encantada de poder pagarlo sin ayuda de Justin. Hasta entonces había dependido siempre del dinero de su padre, y poder tener independencia económica le resultaba muy satisfactorio. En ese momento le dio un poco de rabia haberse precipitado a casarse por el miedo a estar sola. Aspiraba a algo más en la vida que a tener un techo bajo el que cobijarse, pero eso ya no iba a suceder.

Cuando entró en la oficina halló a Barry Holman caminando arriba y abajo, mientras la secretaria suplente gimoteaba. Ambos se volvieron al verla entrar.

—¿Qué ocurre? —inquirió dejando el bolso sobre la mesa de la secretaria y sonriendo.

La chica se puso a llorar aún más ruidosamente.

—¡No hace más que chillarme! —sollozó señalando a Barry Holman, que parecía furioso.

—¡Porque eres una incompetente! —le espetó él.

—Está bien, está bien... —los tranquilizó Shelby—. Yo me encargaré de todo. Tammy, ¿por qué no le haces una taza de café al señor Holman mientras yo arreglo lo que te ha salido mal? Luego te enseñaré a actualizar los archivos para mantenerte ocupada, ¿de acuerdo?

Tammy sonrió, secándose los ojos castaños.

—De acuerdo.

Se levantó para dejar el asiento a Shelby y fue a la sala donde estaba la máquina del café.

—Estás de permiso por tu luna de miel,

Shelby, no deberías estar aquí —le dijo su jefe.

—¿Por qué? Justin está trabajando, no veo por qué no puedo hacerlo yo también.

—Bueno... —murmuró él frunciendo el entrecejo.

—Dígame qué hay que hacer —lo interrumpió ella. No quería hablar más de ese tema.

El señor Holman le tendió dos folios a mano y llenos de abreviaturas, que quería que fueran transcritos a cristiano, y le explicó que quería cincuenta copias dirigidas a distintos destinatarios con sus direcciones correspondientes.

—Simple, ¿verdad? —le dijo arrojando los brazos al aire—. Pues fue darle eso y se puso a llorar como una magdalena —hizo un gesto irritado con la cabeza hacia la puerta tras la que había desaparecido Tammy.

Shelby también quería llorar. Sudaba tinta cada vez que tenía que traducir los garabatos del señor Holman, y todas aquellas abreviaturas legales eran una auténtica pesadilla.

—Hasta me preguntó para qué servía esto —exclamó Barry Holman tomando un disquete y enseñándoselo a Shelby—. ¡Creía que eran negativos!

Shelby tuvo que morderse el labio inferior para no reírse.

—Es que no tiene conocimientos de informática —la disculpó.

—Sí, pero eso no es excusa para que no tenga cerebro —espetó él exaltado.

La pobre Tammy volvía a entrar en ese momento con el café y se quedó mirándolo con la boca abierta y las cejas fruncidas, totalmente indignada.

—¡Eso es muy grosero e injusto por su parte, señor Holman!

—¿No te dijeron en la empresa de trabajo temporal que para este puesto tenías que saber manejar un ordenador? —rugió él.

—¡Sí que sé manejar un ordenador! —se defendió la chica—. He jugado con el Atari de mi hermano un montón de veces.

Entonces fue al señor Holman a quien parecieron entrarle ganas de llorar. Apretó los dientes, masculló algo incomprensible y se metió en su oficina dando un portazo.

—No me dijeron nada de que tuviera que usar uno de estos chismes —le confesó Tammy a Shelby—. Me preguntaron si tenía formación como administrativa y la tengo…, pero no sé leer sánscrito —murmuró señalando los garabatos de su jefe.

Shelby se echó a reír. Era maravilloso poder reír de nuevo. Le dio las gracias mentalmente a Dios por su trabajo, porque era lo único que podía ayudarla a mantener la cordura casada con un hombre que la detestaba.

Sacudió la cabeza y se dispuso a explicarle a Tammy cómo utilizar el programa. Tras el almuerzo, el señor Holman estaba más relajado, e incluso empezaba a dar muestras de tolerar a la secretaria suplente. De hecho, ni siquiera gruñó cuando Shelby le sugirió que no le iría mal hacer fija a la chica porque el volumen de trabajo se había incrementado en las últimas semanas.

Cuando finalizó su jornada, Shelby volvió a subirse al flamante deportivo y puso rumbo a casa. Al tomar la autopista pisó el acelerador, encantada de ver que iba como la seda. Adoraba la velocidad, el viento despeinándole el cabello, y esa maravillosa sensación de libertad. A partir de entonces, se prometió a sí misma, iba a disfrutar de la vida.

Delante de ella iba una camioneta bastante lenta, pero, en vez de aminorar la velocidad, Shelby pisó el pedal del acelerador y la adelantó, volviéndose a meter en su carril justo antes de que un coche blanco que iba en dirección contraria chocara con ella. Le pareció que le resultaba familiar, pero no se molestó en mirar por el retrovisor cuando lo dejó atrás. Tomó el desvío, aumentando un poco más la velocidad. No tenía ganas de volver todavía a su «celda» en el rancho, todavía no.

Calhoun maldijo entre dientes al aparcar frente a la nave. Aquel coche que casi había chocado con él era el antiguo deportivo de Abby, y era Shelby quien iba al volante. La había visto en unas décimas de segundo, pero le habían bastado para reconocerla. Iba riendo como una loca, como si disfrutara con la velocidad, y su cabello negro ondeaba al viento.

Entró en el despacho de Justin, quien se extrañó al verlo allí.

—Ya es casi la hora de cerrar —comentó echando una mirada a su Rolex—. No sabía que regresabas hoy de Montana.

—Echaba de menos a Abby —contestó Calhoun con una sonrisa—. Y hablando de Abby... —añadió sentándose en el filo del escritorio de su hermano—. Hace un rato casi me estrello contra una salvaje que iba conduciendo su antiguo deportivo. Iba al menos a ciento veinte.

—Oh, ¿al final se lo vendió al del concesionario?

—Ya lo creo que sí, no me hacía ninguna gracia que condujera un coche tan poco seguro.

—Ya veo —contestó Justin repasando unos papeles—. Supongo que la mujer de algún otro tonto lo habrá comprado.

—Em... te pasaré por alto lo de haber sido

el primer tonto —contestó Calhoun frunciendo los labios—, pero creo que te haga gracia saber que tú eres el otro.

Al comprender a qué se refería, Justin se quedó de piedra y alzó la cabeza al momento.

—¿Me estás diciendo que Shelby iba conduciendo ese deportivo?

—Me temo que sí —murmuró Calhoun, contrayendo el rostro ante la furia de su hermano mayor.

Justin no podía creer lo que estaba oyendo. Sabía que Shelby no era feliz a su lado, pero estaba tratando con todas sus fuerzas de evitar confrontaciones, de ayudarla a adaptarse, e incluso estaba guardando las distancias a la vez que intentaba ocultarle su frustración cuando ella daba un respingo cada vez que lo veía aparecer. Pero... ¡comprarse un deportivo para intentar matarse! Aquello era demasiado. Se levantó, agarró el sombrero del perchero y se detuvo frente a la puerta para preguntarle a Calhoun:

—¿Iba en dirección a casa?

—No, iba en la dirección opuesta —contestó él. Se quedó mirándolo con los ojos entornados—. Justin... no van bien las cosas entre vosotros, ¿verdad?

Su hermano mayor lo miró furibundo.

—Mi vida privada no es asunto tuyo.

Calhoun se cruzó de brazos con terquedad.

—Abby dice que a Shelby le ha dado por hacer muchas locuras últimamente, y que tú no haces nada por detenerla. Sin ir más lejos, me ha contado que el fin de semana pasado se fue a hacer puenting con Misty... ¿Tan empeñado estás en vengarte de ella?

—Lo estás poniendo como si fuera una suicida —repuso Justin fríamente—, y no lo es.

—Si fuera feliz no iría por ahí tratando de romperse la crisma —insistió su hermano—. Tienes que intentar dejar atrás el pasado. Ya es hora de que olvides lo que ocurrió.

—Para ti es fácil decirlo —le espetó Justin con una mirada peligrosa—. ¡Me dejó tirado por un tipo con el que se acostaba mientras salía conmigo!

Calhoun se quedó mirándolo de nuevo.

—Bueno, tal vez no hayas sido tan mujeriego como lo fui yo antes de pasar por el altar —le dijo—, pero tampoco se puede decir que hayas sido un santo, hermano. ¿Y si Shelby no pudiera aceptar que haya habido mujeres en tu pasado?

—Estábamos prometidos; era mía. Yo, como un imbécil, tuve todo el tiempo mucho cuidado de no fastidiar nuestra relación: apretaba los dientes para contener mi deseo, para no asustarla, porque cada vez que la tocaba se apartaba de mí... Y luego me enteré de que había estado engañándome con ese niñato rico desde el principio. ¿Cómo crees que me siento? —rugió—. Y encima tuvo la desfachatez de restregármelo por la cara, diciéndome que yo era demasiado pobre como para satisfacer sus caros gustos, que quería a alguien con dinero.

—Pero no se casó con Wheelor, ¿verdad? —repuso Calhoun—. Según me contó Tyler, se fue a Europa y le dio por hacer locuras, igual que está haciendo ahora. Tuvo un accidente en Suiza, Justin, en un deportivo —añadió—, un deportivo como el de Abby.

Justin lo estaba mirando entre horrorizado e incrédulo.

—Nadie me había contado eso.

—¿Acaso has escuchado alguna vez a alguien que tratara de hablarte de algo relacionado con los Jacobs? —replicó Calhoun—. Solo hace unos meses que te has calmado lo suficiente como para que se te pueda hablar de los Jacobs sin que saltes.

—Yo la quería —murmuró Justin—. No puedes imaginarte cómo me sentí cuando rompió nuestro compromiso.

—Sí que puedo —contestó Calhoun quedamente—. Estaba allí, y sé por lo que pasaste, pero nunca te paraste a pensar que tal vez ella tuviera una razón para hacer lo que hizo. Trató de explicártelo en una ocasión, pero tú ni siquiera quisiste escucharla.

—¿Qué había que escuchar? —lo cortó Justin perdiendo la paciencia—. Ya me había contado la verdad.

—Yo jamás he creído que aquello fuera la verdad —repuso Calhoun—. Y tú tampoco lo habrías creído de no haber sido porque por primera vez en tu vida te habías enamorado, y porque te sentías tremendamente inseguro, porque no te valorabas lo suficiente como para creer que una chica como Shelby quisiese estar a tu lado. Estabas siempre preocupado por la posibilidad de perderla por otro hombre... Incluso ante mí, ¿recuerdas?

Justin no podía negar que estaba diciendo la verdad. Sabía que había sido muy posesivo con respecto a Shelby. Diablos, aún lo era, pero, ¿cómo no iba a serlo? Ella era preciosa y él... él...

—Tu forma de actuar solo la aleja de ti, Justin.

—¿Y qué quieres que haga, que la ate y la encierre en el sótano? —le espetó su hermano con una risa amarga—. No puedo hacer que se quede a mi lado si ella no quiere. Demonios... ni siquiera me deja tocarla. Cuando intenté hacerle el amor la noche que nos prometimos, se apartó de mí como si tuviera la peste —dijo apartando la vista—. Me tiene miedo.

—¿Y no te parece curioso —murmuró Calhoun escogiendo cuidadosamente las palabras—, que a una mujer que ha tenido un amante le dé pánico el sexo?

Y antes de que Justin pudiera responder, salió del despacho y abandonó la oficina.

Justin se quedó allí de pie, anonadado por las revelaciones de su hermano, hasta que recordó la situación, y se dio cuenta de que habían pasado varios minutos. Calhoun lo había entretenido demasiado. ¿Y si a Shelby le había ocurrido algo mientras tanto...? No quería ni pensarlo.

Recorrió la carretera en una y otra dirección con su coche, pero no vio signo alguno del deportivo.

Más tarde, cuando llegó a la casa, casi cayó de rodillas, aliviado, al verlo aparcado frente al porche.

Inspiró profundamente antes de entrar, procurando controlar el temblor de sus manos que le había causado el miedo a encontrarla en alguna cuneta.

Shelby estaba en el comedor charlando con María acerca de una receta.

Cuando lo oyó entrar, alzó la vista, y entonces la risa y la animación se disiparon de su rostro, como si se hubiese producido de pronto un eclipse.

—He cambiado de coche —le dijo a Justin desafiante antes de que él pudiera decir nada—. ¿Te gusta? Es el que tenía Abby antes. Ni siquiera me han pedido un aval, y voy a pagarlo a plazos... de mi salario —le aclaró.

Justin lanzó a María una mirada cuyo significado esta conocía muy bien, y se levantó de inmediato para dejarlos a solas. Justin se sentó a la cabecera de la mesa y encendió un cigarrillo, recostándose en la silla para mirarla fijamente.

—Lo último que necesitas es un coche deportivo, porque, según he oído, ya conduces a demasiada velocidad.

Shelby escrutó sus ojos negros, leyendo la preocupación en ellos.

—Alguien me vio en el coche esta tarde —adivinó.

Justin asintió con la cabeza.

—Calhoun —le dijo.

—Sí, me pareció que era él —murmuró Shelby dándole vueltas a la fina alianza de oro en su dedo—. No soy una imprudente, es solo que me gusta la velocidad —le dijo incómoda.

—Pues a mí no me gustan los funerales —le espetó él—. Y no tengo intención de asistir al tuyo, así que mañana devolverás el coche o lo devolveré yo.

—¡Es mío! —exclamó ella. Sus ojos verdes relampaguearon de ira—, ¡y no voy a devolverlo!

—No pienso discutir esto contigo, cariño. Calhoun me ha dicho que destrozaste un deportivo como el de Abby en Europa.

—Eso fue un accidente —se defendió ella sonrojándose.

—Pues aquí no tendrás ninguno —le dijo Justin—. No voy a dejar que te mates.

—¡Por amor de Dios, Justin, no soy una suicida! —protestó ella.

—No he dicho que lo seas, pero por lo visto necesitas a alguien que te ponga firme.

—Yo no soy Abby, Justin —le espetó Shelby. Los dulces rasgos de su rostro se endurecieron—. No necesito un tutor.

Él no contestó a eso, pero se quedó mirándola un buen rato en silencio.

—Y ya que estamos hablando de esto... Tampoco me gusta que trabajes para Barry Holman.

La irritación se estaba apoderando de Shelby. Era como si de repente sintiera que le estaban quitando el control de su vida.

—Justin, yo no te pregunté si te gustaba o no —le recordó—. Antes de casarnos te dije que quería seguir trabajando.

—Aquí hay mucho que hacer. Puedes ocuparte de organizar las tareas de la casa.

Shelby lo miró indignada.

—María sabe muy bien lo que hay que hacer. Y antes de que se te ocurra sugerirlo, no quiero quedarme en casa todo el día en pijama y bata de seda, dando fiestas un día sí y otro también. Ya he tenido bastante de eso en mi vida.

—Yo creía que echarías de menos esas cosas, esa época en que no tenías que mover un dedo.

Shelby suspiró.

—Mi padre me veía solo como un florero —le confesó con tirantez—. Se habría puesto furioso si hubiera intentado cambiar esa imagen.

—¿Le tenías miedo? —inquirió Justin frunciendo el ceño ligeramente.

—Me consideraba como algo de su propiedad —alzó la mirada, y la sorprendió ver curiosidad en los ojos negros de él—. No era fácil vivir con un hombre como él, y tenía formas bastante desagradables de ajustarnos las cuentas cuando a Tyler o a mí se nos ocurría desobedecer —le explicó—. Tú fuiste el segundo hombre con el que me dejó salir, y el primero con el que podía quedar a solas —vio que se reflejaba sorpresa en el rostro de él—. ¿Te extraña lo que te estoy contando? —inquirió riéndose sin alegría—. ¿Qué

87

creías?, ¿que mi padre me permitía llevar la vida de una fresca? Le aterraba la idea de que pudiera seducirme un cazafortunas; nuestra casa era para mí como una jaula dorada.

Justin no podía dar crédito a lo que estaba oyendo. Ladeó un poco la cabeza y entornó los ojos.

—¿Te importaría repetir eso? ¿Dices que no habías estado a solas con un hombre hasta que saliste conmigo?

Shelby asintió con la cabeza.

—No me atreví a escapar de la vigilancia de mi padre hasta después de romper nuestro compromiso, cuando me marché a Suiza —añadió con una sonrisa triste—. Supongo que entonces la sensación de libertad fue demasiado para mí, porque me descontrolé e hice locura tras locura. Aquel coche deportivo era como una válvula de escape para mí, una forma de celebrar esa libertad recién encontrada... No era mi intención estrellarlo.

—¿Saliste muy mal parada?

—No, la verdad es que tuve suerte, solo me rompí la pierna y un par de costillas.

—No sabía que te tuviera tan controlada —murmuró Justin suavemente. Estaba empezando a comprender lo inocente que había sido ella en aquel entonces. Si como decía solo había salido con otro hombre antes de él, era más que probable que su primer contacto con el sexo hubiera sido aquella noche con él. Al pensar en aquello, se puso tenso. Entonces, aunque estaba seguro de que era virgen, había pensado que tendría al menos alguna experiencia, por poca que fuera. Pero si como le estaba diciendo no había tenido ninguna, eso explicaría por qué la había asustado su ardor de esa manera.

—No podía hablar de estas cosas contigo en aquella época —le confesó Shelby—. Era demasiado joven, y terriblemente ingenua.

Justin se quedó mirándola fijamente, como si estuviera dudando entre creerla o no.

—Te asuste la noche que nos prometimos, ¿verdad? —le preguntó de repente—. ¿Fue por eso por lo que te apartaste de mí...?, ¿no por qué te repugnara?

—¡Tú nunca me repugnaste! —exclamó Shelby, espantada de que pensara algo así—. ¡Oh, Justin, no...! ¿No creerías eso?

—Apenas nos conocíamos, Shelby —dijo él con voz ronca—. Supongo que teníamos una idea equivocada del otro. Yo te veía como a una mujer elegante, sofisticada. Sabía que eras inocente, pero pensé que habrías tenido alguna experiencia con los hombres. Si hubiera imaginado siquiera por un momento lo que me has dicho, te aseguro que no me habría mostrado tan exigente contigo.

Shelby enrojeció y apartó la mirada de él.

¿Por qué no podía encontrar las palabras? Era increíble que, a pesar de que estuviesen casados y de que ella tuviese veintisiete años, esa clase de conversación la pusiese nerviosa.

—Tuve miedo de que no pudieras parar —murmuró sin levantar la cabeza.

Justin suspiró con pesadez.

—Yo también —le confesó inesperadamente—, hacía mucho tiempo que no estaba con una mujer.

—Nunca hubiera pensado que... —murmuró Shelby alzando la vista al fin hacia él—. Quiero decir, hoy día la sociedad es muy permisiva, nadie vería mal que un hombre soltero...

—Puede que la sociedad sea permisiva, pero yo no lo soy conmigo mismo —le dijo él sin rodeos—. Un caballero no va por ahí seduciendo vírgenes, ni se aprovecha de las mujeres inexpertas, y eso solo deja en la lista a las chicas de cascos ligeros —le explicó—. Y para serte sincero, cariño, esas nunca han sido mi tipo.

Los ojos verdes de Shelby recorrieron los duros rasgos de Justin, deteniéndose en los labios.

—Pero imagino que no te habrán faltado las ocasiones —murmuró bajando la vista a su regazo.

—Tengo dinero, Shelby —le recordó él con cinismo—; por supuesto que ha habido ocasiones —la miró a la cara, esperando ver el efecto de lo que iba a admitir a continuación—. De hecho, se me presentó una el fin de semana pasado, cuando tuve que ir a Nuevo México, a pesar incluso de que llevaba el anillo de casado.

Shelby apretó los dientes. No quería que él se diera cuenta de que estaba celosa, pero resultaba difícil ocultar un sentimiento tan fuerte.

—¿Y tú... accediste?

—Eres tan posesiva respecto a mí como lo soy yo respecto a ti —dijo él de pronto. Los ojos de ambos se encontraron en ese momento, y fue como si saltaran chispas—. No te hace gracia la idea de que otras mujeres se fijen en mí, ¿no es cierto, Shelby?

Ella asintió incómoda, y Justin sonrió burlón mientras encendía un cigarrillo.

—Si te vas a quedar más tranquila, la rechacé. Nunca te engañaría, cariño.

—Yo nunca he pensado que pudieras engañarme... igual que yo jamás te engañaría a ti —contestó ella.

—Si lo que me has contado es verdad, y basándome en las dos semanas que llevamos casados, eso sería casi inconcebible... Cada vez que me acerco a ti actúas como un cordero al que fuera a sacrificar.

Shelby inspiró despacio, tratando de mantener la calma.

—Lo sé —respondió avergonzada—. Soy consciente de mis defectos, Justin, y supongo que no lo creerás, pero nadie se siente tan culpable como yo de lo que ocurrió entre nosotros.

Justin frunció el ceño enfadado consigo mismo. No había pretendido hacer que se pusiera a la defensiva. Su orgullo saltaba sin que pudiera evitarlo, pero no quería seguir hiriéndola; ya la había herido bastante.

—No era eso lo quería decir... —murmuró cansado—. Las cosas sucedieron como sucedieron. Eso es todo. Destrozaste mi orgullo, Shelby, y uno tarda mucho tiempo en recuperarse de un golpe así. De hecho, creo que aún no lo he hecho.

—Yo también salí malparada de aquello —murmuró Shelby—; y he sufrido mucho por lo que te hice.

—¿Y entonces por qué lo hiciste?

Shelby cerró los ojos y contrajo el rostro.

—Lo hice por tu bien —susurró.

Justin dejó escapar una risotada de irritación.

—Vaya, eso es nuevo... —apagó el cigarrillo a medio fumar y se puso de pie—. Discúlpame, pero tengo que repasar unos papeles antes de que María sirva la cena.

Sin embargo, antes de salir del comedor, se detuvo junto a la silla donde estaba sentada ella, observando cómo se tensaba al acercársele. Extendió la mano, enredando los dedos en sus cabellos, y tiró suavemente hacia atrás para escudriñar sus ojos. Su expresión no dejaba lugar a dudas.

—Miedo —masculló—, eso es lo que veo en tus ojos cada vez que me acerco a ti. Pero tranquila, no te obligaré a hacer ese sacrificio que temes, no estoy tan desesperado.

Le soltó el cabello y se alejó enfadado.

Shelby sintió acudir las lágrimas, pero no hizo nada por detenerlas. Él no sabía por qué lo temía, y tampoco sabía cómo explicárselo. ¿Cómo podía haber llegado a creer que lo había rechazado porque le repugnaba? Nada más lejos de la verdad. Ansiaba hacer el amor con él, desesperadamente, pero quería que fuera tierno con ella, que pudiera controlarse, y por lo que recordaba, no estaba segura de que pudiera serlo.

Capítulo cinco

SHELBY había albergado la esperanza de que a Justin se le hubiera pasado un poco el enfado para la hora de la cena, pero para su decepción no fue así. Se sentó a la cabecera de la mesa, y apenas hablaron.

Después, salió del comedor sin decir una palabra, y Shelby lo vio subir las escaleras con creciente desesperación. ¡Si pudiera ir tras él, rodearlo con sus brazos, explicarle cómo se sentía...! Pero, ¿cómo iba a creerla, después de lo ocurrido en el pasado?

La tristeza estaba ahogándola y, decidiendo que no podía aguantarlo más, se levantó de la mesa, fue a por su bolso, salió y se metió en su pequeño deportivo. Si Justin creía que iba a pasarse el resto de la noche allí sentada, sintiéndose miserable, estaba muy equivocado.

Puso en marcha el motor y salió a la carretera, aumentando la velocidad poco a poco, dejándose envolver por esa sensación de libertad que experimentaba al volante, dejando que el viento le desordenase salvajemente los cabellos.

Justin la odiaba, pero aquello no era nada

nuevo. Hacía años que la odiaba; lo había herido y nunca la perdonaría. Shelby no sabía por qué había accedido a casarse con él: jamás funcionaría. Había sido una idiota, y no podía culpar a nadie más de su propia infelicidad.

Estaba tan inmersa en sus pensamientos, que no vio la señal de stop hasta que la tuvo casi encima, y la bocina ensordecedora de un camión hizo que la sangre se le congelara en las venas.

Un camión enorme rodaba hacia ella por la autopista. Su pequeño deportivo no era lo suficientemente rápido como para pasar a aquel gigante en la intersección, y no estaba segura de que el coche pudiera frenar a la velocidad a la que iba.

Aun así, con el corazón en la garganta, y la certeza de que iba a morir, pisó el freno con todas sus fuerzas. El chirrido de los neumáticos irrumpió en el silencio de la noche, y el vehículo se descontroló, empezando a girar sobre sí mismo como una peonza. El pánico hizo presa de Shelby, que agarró el volante impotente, y el coche se salió de la carretera, introduciéndose en la hondonada del arcén. Se inclinó hacia el lado, como si estuviera borracho, pero increíblemente no volcó, y Shelby se quedó sentada en el asiento, aturdida pero no herida, aunque sentía el amargor de la bilis en la garganta, y todo le daba vueltas. En ese momento se escuchó el chirrido de otro coche frenando, y cómo su ocupante abría la puerta y corría hacia ella.

—¡Shelby! —la llamó una voz angustiada, una voz familiar... y a la vez distinta de cómo la recordaba, porque sonaba rota, áspera, y temblorosa—. ¡Contéstame, maldita sea!, ¿estás bien?

Sintió que unas manos grandes y fuertes le desabrochaban el cinturón de seguridad, para después recorrer su cuerpo con exquisito cuidado en busca de alguna herida o un hueso roto.

—¿Estás bien? —volvió a preguntarle la voz. Al fin los ojos de Shelby empezaron a enfocar de nuevo, y vio que era Justin quien estaba a su lado—. ¿Te duele en algún sitio? ¡Por amor de Dios, vida mía, contéstame!

—Estoy... estoy bien —susurró mareada—. La puerta...

—No consigo abrirla —repuso Justin—. Yo te sacaré, tranquila...

Se agachó, introdujo los brazos por debajo de las axilas de ella, y tiró hacia arriba con cuidado, sacándola del vehículo con una facilidad sorprendente. Cuando tuvo los pies en el suelo, Shelby notó que se tambaleaba ligeramente, él la tomó en brazos con mucha delicadeza para salir del arcén. El conductor del camión había parado a unos metros, y se acercaba a ellos, pero Justin no pareció advertirlo siquiera. Por la expresión de su rostro cualquiera habría dicho que lo tenía todo bajo control, pero le temblaban los brazos al dejarla en el suelo, sin llegar a soltarla.

Shelby, que ya estaba un poco menos mareada, lo había notado temblar y, al alzar la vista y mirarlo a la cara, se quedó sin aliento. Estaba lívido, con una mirada de auténtico terror en los ojos negros, y tras observarla un instante que pareció eterno, la abrazó como si no fuera a soltarla nunca.

—Oh, Dios mío... —repetía una y otra vez.

Shelby sabía que, mientras viviera, jamás podría olvidar el horror en sus ojos. Le echó los brazos al cuello, acunándolo. Aquella reacción la tenía fascinada. Nunca lo había visto tan agitado, era como si una pequeña grieta se hubiera abierto en su dura armadura.

—Estoy bien, Justin —le aseguró en un susurro. Se apartó un poco para mirarlo a los ojos, atónita por la vulnerabilidad que reflejaban. Le tocó la boca, y sus dedos se deslizaron por las mejillas hasta el fosco cabello negro—. Amor mío, estoy bien, de verdad.

Tomó la cabeza de Justin entre sus manos,

y la atrajo hacia la suya y le plantó un beso en los labios, feliz de que no la rechazara, aunque solo fuera porque no se lo esperaba. Durante varios segundos, fue un beso dulce, inocente, pero pronto una llama pareció encenderse dentro de ella, y apretó la boca con más fuerza contra la de él. Hacía años desde la última vez que se habían besado de verdad, no como aquel beso frío que Justin le había dado en la boda.

Al gemir Shelby suavemente, Justin salió del trance en el que se encontraba, y respondió a su beso ávidamente. Solo cuando el conductor del camión llegó junto a ellos, despegó, de mala gana, sus labios de los de ella.

—¿Está usted bien, señorita? —preguntó jadeando por la carrera que se había dado—. ¡Dios, por un momento creí que la había golpeado...!

—Ella está bien —respondió Justin—, pero ese deportivo del demonio no lo estará cuando agarre mi rifle.

El conductor del camión suspiró aliviado.

—Maldita sea, menos mal que no perdió usted la cabeza, señorita —le dijo a Shelby admirado—, si no hubiera pisado el freno tan a tiempo ahora estaría muerta y a mí tendrían que internarme en un manicomio.

—Lo siento —sollozó ella, derrumbándose por el susto que acababa de pasar—, lo siento tanto... Ni siquiera lo vi venir...

El joven camionero sacudió la cabeza.

—No se preocupe más de eso, lo importante es que no ha pasado nada. ¿Seguro que está bien?

Shelby asintió, forzando una sonrisa temblorosa.

—Gracias por parar a ver cómo estaba. Después de todo no ha sido culpa suya.

—Aun así no me habría sentido bien si le hubiera pasado algo —le contestó el hombre—. Bueno, si está usted bien me pondré en marcha de nuevo.

—Como le ha dicho mi esposa, gracias por parar —dijo Justin tendiéndole la mano. El hombre se la estrechó y se alejó.

Justin tomó de nuevo en brazos a Shelby, y la llevó a su Thunderbird, sentándola con el mayor cuidado en su interior.

—Justin, ¿y mi coche? ¿No vas a llamar a la grúa para que...?

Los ojos negros de él se clavaron en los de ella.

—¡A la mierda con ese condenado coche! —bramó irritado.

Cerró de un golpe la portezuela de Shelby y rodeó el coche para entrar también en él. Cuando se sentó, agarró el volante con tal fuerza que los nudillos se le pusieron blancos, y ella supo que se avecinaba tormenta. Justin estaba muy agitado, se notaba que necesitaba descargar su furia sobre alguien, y tras haberse cerciorado de que ella estaba bien, Shelby imaginaba que estaba preparando los cañones.

—Adelante, dispara —le dijo llorosa, buscando un pañuelo de papel en la guantera—, me merezco todas las reprimendas que puedas echarme. Iba conduciendo muy deprisa y no me fijé en la señal de stop —sorbió por la nariz mientras seguía rebuscando en vano—. ¿Cómo llegaste tan rápido?

Justin suspiró, y se sacó del bolsillo de la chaqueta un pañuelo inmaculado de algodón que le tendió.

—Te seguí —le explicó concisamente—. Oí el ruido de un motor arrancando, me asomé a la ventana y vi el coche alejándose. Temí que fueras a desahogarte corriendo por la autopista... como has hecho, así que te seguí —giró la cabeza hacia ella mirándola enfadado a los ojos—. Dios mío, al ver el coche girar y salirse de la carretera sentí que estaba pagando por pecados que ni siquiera he cometido.

Shelby podía imaginar lo terrible que había sido para él ver cómo se descontrolaba el automóvil.

—Lo siento —musitó. Se abrazó temblorosa.

Justin resopló irritado.

—Lo sientes... Es todo lo que puedes decir, ¿verdad? —le espetó—. Bien, pues ya puedes ir despidiéndote de ese maldito deportivo. Tus días de conductora temeraria han terminado.

—¡No tienes derecho a mangonear en mi vida de ese modo! —le gritó Shelby con los labios temblorosos y los dientes apretados—. ¡No eres mi tutor!

—No —reconvino él con una sonrisa cruel—, es cierto, soy tu marido, el marido de una mujer santa y virginal que deja que cualquiera, excepto yo, la toque.

Aquello fue demasiado para Shelby. Rompió a llorar de nuevo con amargura, volviendo el rostro hacia la ventanilla.

—Oh, no... —gruñó Justin—, por amor de Dios, no llores, no soporto ver llorar a una mujer.

—Pues entonces no me mires, maldita sea —le espetó ella entre sollozos.

Justin maldijo entre dientes. Se sentía como si le hubieran pegado una patada.

—Por favor, Shelby, deja de llorar. No pasa nada, lo importante es que no estás herida —le dijo en un tono de voz más suave, más sosegado.

Le acarició el cabello vacilante, y de pronto, entre la maraña de recuerdos de lo que había ocurrido minutos antes, relumbró un gesto de ella: le había acariciado el rostro, susurrándole algo, y después lo había besado para consolarlo. ¿Qué era lo que le había susurrado...?

—Me llamaste «amor mío»... antes, cuando te saqué del coche —dijo en voz alta aturdido al recordarlo.

Shelby dio un respingo.

—¿Eso dije? Debió ser por el golpe —murmuró sorbiendo suavemente por la nariz y secándose los ojos—. ¿Podemos irnos a casa, Justin? Necesito beber algo fuerte que haga que vuelva a entrarme el alma en el cuerpo.

—Y luego me... besaste —continuó él. No iba a dejar que evadiera el asunto.

Shelby se puso pálida de repente y después enrojeció.

—Es que estabas muy alterado y quise tranquilizarte —se excusó sin atreverse a mirarlo a la cara.

—He estado alterado otras veces, y nunca me has besado, Shelby —replicó él mientras giraba la llave en el contacto, con los ojos entornados—. De hecho, ni siquiera cuando salíamos juntos diste jamás el primer paso.

—Creo que me he dejado el bolso en el deportivo —murmuró Shelby azorada.

Justin suspiró molesto ante aquella nueva evasiva, pero alargó el brazo bajo el asiento de ella, y lo sacó de allí, colocándoselo en el regazo.

—Gracias —murmuró ella.

—Recuéstate en el asiento y descansa. Enseguida llegaremos a casa.

Shelby obedeció y cerró los ojos, mientras que Justin volvió la vista de nuevo a la carretera, pensativo. ¿Sería posible que hubiese estado equivocado todo el tiempo? Hasta entonces había estado muy seguro de que ella lo había rechazado porque le provocaba repulsión, pero, ¿cómo interpretar entonces la apasionada presión de aquellos labios tan cálidos y ansiosos sobre los suyos minutos atrás? Claro que ella había estado muy asustada en ese momento, y el miedo producía reacciones curiosas en las personas. Pero si la había preocupado hasta el punto de besarlo para tranquilizarlo, algo tenía que sentir por él, se dijo confuso.

Cuando llegaron al rancho, aparcó frente a la casa y, pese a las protestas de Shelby, la llevó en brazos hasta la habitación de invitados, y la depositó despacio sobre la cama, mientras sus ojos se fijaban hambrientos en el modo en que aquel condenado vestido rojo y blanco marcaba cada curva de su cuerpo. No tenía el escote demasiado pronunciado, pero si dejaba entrever la parte superior de sus firmes senos.

Al ver la tensión en los rasgos de él, Shelby frunció el entrecejo.

—¿Qué ocurre?

—Nada —respondió Justin irguiéndose—. Date un baño y cámbiate. Después te llevaré al médico para que te examine, para asegurarnos de que no tienes lesiones internas.

—¡Pero si te he dicho que estoy bien! —exclamó ella.

—Tú no eres médico, Shelby, y yo tampoco. Has tenido un accidente y vas a ir a que te vean. Date prisa en tomar ese baño y ponte algo que no sea demasiado... sexy —dijo, como irritado.

Shelby enarcó una ceja sorprendida y abrió la boca para decir algo, pero Justin ya había salido de la habitación, cerrando la puerta tras de sí.

Shelby resopló frustrada. ¿Por qué no tenía nunca en cuenta su opinión?, ¿por qué tenía que ser siempre él quien tomase las decisiones? Sentía deseos de agarrar algo y estrellarlo contra el suelo. Rompió a llorar, rabiosa, pero a pesar de todo se fue al cuarto de baño.

Cuando salió de la bañera, algo más calmada, se secó el pelo, y se puso una blusa blanca, una falda gris, y un pañuelo gris y rojo en el cuello para darle un poco de color al conjunto. Mientras se vestía, le estaba dando vueltas a las últimas palabras de Justin. No entendía por qué le había dicho aquello de que no se pusiera algo demasiado sexy. Era absurdo, si ella casi nunca se ponía nada que... A menos que... ¿Podía ser que le hubiera parecido sexy el vestido rojo y blanco que llevaba puesto antes? Una sonrisa tonta se dibujó en su rostro. Era la primera vez, desde que se habían casado, que admitía sentirse atraído por ella.

Aquel beso había sido maravilloso, y los labios aún le cosquilleaban por el contacto con los de él. Y entonces, de pronto, Shelby cayó en por qué había sido tan maravilloso... ¡Porque había sido ella quien había llevado las riendas! Frunció el entrecejo pensativa. ¿Y si...?

Pero sus cavilaciones se vieron interrumpidas por unos golpes en la puerta. Cuando abrió se encontró a Justin esperándola impaciente.

—¿No estás lista aún?

—Iba a bajar ahora mismo.

—Bien, pues vayámonos.

En el pabellón de Urgencias del hospital los atendió el doctor Hays, un médico joven muy agradable, que parecía encontrar divertida la preocupación y la irritación de Justin.

—Tendrá dolores musculares durante un par de días, señora Ballenger —le dijo tras reconocerla—. Solo una cosa más... ¿No está embarazada, verdad? —le preguntó. Le pareció curioso que ella se ruborizara y Justin mirara hacia otro lado—. Quiero decir, el accidente podría haber dañado al...

—No estoy embarazada —lo interrumpió Shelby azorada.

—Ah, bien, en ese caso no hay de qué preocuparse. Le daré un relajante muscular por si lo necesitara para descansar bien esta noche. Y también puede tomar un analgésico si tuviera dolores. Y por supuesto si necesitan algo no duden en ponerse en contacto conmigo.

Shelby y Justin le estrecharon la mano y le dieron las gracias antes de que el médico los acompañara hasta la recepción para pagar la factura y que les entregaran los medicamentos.

Justin estuvo muy callado durante todo el camino a casa, y Shelby sabía por qué: había sido aquella pregunta del médico sobre si estaba embarazada. Eso debía haberle recordado la situación antinatural de su convivencia, y reavivado su frustración.

—Teníamos que haberle dicho que, si estuvieras embarazada, el Papa lo habría anunciado como un milagro —masculló mientras aparcaban y apagaba el motor.

Shelby optó por ignorar sus puyas. Se notaba demasiado cansada y dolorida como para contestar.

—¿Qué ha pasado con mi coche? —le preguntó—. Hemos pasado el cruce y ya no estaba allí. ¿Llamaste a la grúa para que lo llevaran al taller?

Justin la miró un instante, pero volvió a apartar la mirada.

—No quieres hablar de ello, ¿no es cierto, Shelby?

—Soy frígida —murmuró ella hastiada—, tú lo dijiste. Dejémoslo así... a menos que quieras el divorcio, claro está.

—Lo que quiero es una esposa de verdad, maldita sea —le espetó él con dureza—. Y niños, quiero niños, Shelby —añadió, en un tono que denotaba una cierta vulnerabilidad.

Ella echó la cabeza hacia atrás en el asiento, y se mordió el labio inferior.

—Probablemente no lo creerás, pero yo también quiero tenerlos, Justin.

Él se giró en el asiento para mirarla.

—¿Y cómo piensas hacerlo sin ayuda?

Shelby aferró el bolso entre sus manos.

—Es que... me da miedo... —confesó en un hilo de voz. Estaba demasiado cansada hasta para mentir, para buscar excusas.

Hubo una larga pausa.

—Bueno, tengo entendido que dar a luz

no es tan terrible como solía ser en el pasado —dijo Justin—. Y hay medicamentos que pueden aliviar los dolores.

Shelby se quedó de piedra. ¡Lo había entendido totalmente al revés! ¡Creía que tenía miedo al parto! Se quedó mirándolo sin saber cómo explicarle su error.

—Y tampoco tenemos por qué tenerlos ya... —insistió Justin.

Había vuelto la cabeza hacia la ventanilla como si para él también fuera embarazoso hablar del tema. La verdad era que siempre le había costado tratar con los demás de temas íntimos. Sí, se dijo Shelby, en cierta forma eran muy parecidos.

—Podrías pedirle a tu médico que te recetara «algo» para no quedarte embarazada, o yo podría usar «algo» cuando... No voy a obligarte a tener hijos contra tu voluntad.

Shelby se puso roja como la grana al comprender que le estaba diciendo que no tenían qué tener hijos aún, pero sí podían hacer «eso».

—Yo... —dijo carraspeando—. ¿Podemos entrar en la casa?, estoy cansada y me duele todo.

—Shelby, a mí también me cuesta hablar de esto —murmuró él—, pero quería que lo supieras, me gustaría que lo pensaras, porque si es por eso por lo que no quieres que te toque...

—Justin, por favor... —gimió ella, escondiendo el rostro entre las manos.

Él exhaló un profundo suspiro.

—Lo siento, no sé para qué he dicho nada —murmuró con amargura.

Salieron del coche, y caminaron en silencio hasta la casa, cada uno sumido en sus pensamientos.

—Ve subiendo a acostarte —le dijo Justin— . ¿Quieres que te lleve algo de comer?

—No, gracias —respondió ella.

Se detuvo al pie de la escalera, y pasó la mano ensimismada por la barandilla, como si no quisiera subir aún. Alzó los ojos y miró a Justin con una mezcla de anhelo desesperado y vergüenza.

—No debería haberme casado contigo —murmuró con voz ronca—. No quería hacerte infeliz.

La mandíbula de Justin se tensó.

—Yo tampoco pretendía hacerte infeliz, pero es lo que he hecho.

Shelby se quedó dudando un instante, sin saber si debía preguntarle aquello en ese momento.

—No me has dicho qué ha pasado con mi coche. Vas a devolvérmelo, ¿verdad?

—Si eso es lo que quieres... —contestó él alzando la barbilla y frunciendo los labios—, siempre podemos convertirlo en una pieza de arte moderno.

Shelby frunció el entrecejo sin comprender.

—¿Qué quieres decir?

—Ahora debe medir unos doce centímetros de ancho y un metro y medio de largo. Supongo que si le ponemos un marco quedaría muy bien en la pared.

—¿De qué estás hablando? —exclamó Shelby enfadada—. ¿Qué has hecho con él?

—Llamé al viejo Doyle para que se lo llevara.

Shelby se quedó paralizada.

—Pero Doyle... tiene una chatarrería —murmuró.

—Exacto —asintió él con una breve sonrisa—, y tiene una máquina nueva, que deja los coches como si fueran papel de fumar.

—¡Lo has hecho a propósito! —exclamó Shelby roja de ira.

—Sí, maldita sea —replicó Justin con un brillo desafiante en los ojos—, si lo hubiera devuelto al concesionario no habría podido estar seguro de que no volverías a comprarlo. De este modo, me he asegurado de que no volverías a por él.

—¡Ni siquiera había acabado de pagarlo!

Justin sonrió burlón.

—Estoy seguro de que se te ocurrirá algún

modo de explicárselo a la compañía de seguros. No sé, ¿la presión atmosférica?, ¿las termitas...?

Al principio Shelby había pensado pasar sin el relajante muscular, pero cuando subió a su habitación para acostarse, furiosa todavía con Justin por lo que había hecho, tenía todo el cuerpo en tensión, así que se tomó el comprimido con un poco de agua, se puso su pijama de satén, y se metió bajo las sábanas.

Minutos más tarde se había quedado dormida, pero entonces comenzó a soñar: iba conduciendo a toda velocidad por los Alpes, tomando con destreza cada curva, cuando de pronto la carretera se cubría de hielo, el coche patinaba, y ella perdía por completo el control sobre el vehículo. El coche rodaba y rodaba, precipitándose montaña abajo... El freno se había atascado y no podía hacer nada, excepto esperar el impacto y gritar...

Unas manos fuertes la sacudieron con delicadeza, levantándola de la almohada.

—Shhh... tranquila —le dijo una voz masculina—, tranquila... Estabas soñando.

Shelby se despertó por completo, como si alguien hubiera accionado un interruptor en su cerebro. Justin la sostenía por los hombros, y la observaba preocupado.

—El coche... —murmuró Shelby—. Estaba rodando montaña abajo...

—Estabas soñando, cariño —le dijo Justin apartándole los desordenados cabellos de las ardientes mejillas y los hombros—. Era un sueño nada más. Estás a salvo.

—Siempre lo he estado a tu lado —respondió ella involuntariamente, apoyando la cabeza en su hombro.

Exhaló un profundo suspiro, sintiéndose ya relajada y segura. Sin embargo, al mover la cabeza para acomodarse mejor, notó que su mejilla rozaba no la tela de una camisa de pijama, sino piel.

La luz estaba encendida y Justin se había sentado a su lado en la cama con el cabello revuelto. Shelby contuvo el aliento mientras se apartaba despacio, turbada, pero volvió a respirar con normalidad cuando vio que al menos llevaba puesto un pantalón de pijama. Aun así, la visión del musculoso torso desnudo, y del vello rizado extendiéndose por él, hasta desparecer bajo el elástico del pantalón, resultaba espectacular. Además, le daba la impresión de que no llevaba nada debajo, y la sola idea la hizo sentirse amenazada.

Flexionó las piernas y se abrazó las rodillas, apoyando la frente contra ellas.

—Supongo que lo que ha ocurrido hoy ha hecho que vuelva a mi memoria el accidente que tuve en Suiza —murmuró—. La verdad es que de aquello recuerdo más bien poco. Me dijeron que tuve una conmoción cerebral y que te llamaba todo el tiempo, noche y día... —dijo sin pensar.

—¿A mí y no a tu amante?

—Yo nunca tuve un amante, Justin —replicó ella. ¿Cuántas veces más tendría que negar esa acusación?

—Y yo soy cura.

Justin se levantó y la miró enfadado. Estaba preciosa con aquel pijama de satén, y estaba seguro de que no podría dejar de pensar en ella en toda la noche. La camisa era bastante escotada, y le había permitido asomarse un instante a aquel tentador balcón de sus senos. Parecían pequeños, pero perfectamente formados a juzgar por el contorno que formaban bajo la tela. Se forzó a apartar la vista, porque estaba empezando a sentir un deseo irrefrenable de destaparlos.

—Bueno, será mejor que vuelva a la cama e intente dormir un poco. Mañana tengo una cita en el banco a primera hora.

Shelby lo vio dirigirse hacia la puerta con profunda tristeza. El abismo entre ellos se iba haciendo cada vez mayor, y cada día que pasaba lo hacía más infeliz.

—Gracias por venir a ver si estaba bien —musitó.

Justin se detuvo frente a la puerta con la mano en el picaporte, y le dijo sin volverse:

—Sé que preferirías morir antes de hacerlo, pero si vuelves a tener otra pesadilla, puedes venirte a mi dormitorio —dejó escapar una risa sin alegría—. Y no tienes que temer nada, no volveré a arriesgarme a que destroces mi orgullo: el gato escaldado huye del agua.

Y se marchó, antes de que ella pudiera contestarle. Shelby contrajo el rostro dolida por sus palabras. ¿Por qué no podía solucionar aquello de una vez? ¡Tenía que decírselo! «¡Por amor de Dios, Shelby!, ¡actúa como una persona madura!, tienes veintisiete años...» Decidida, se levantó de la cama, encendió la luz y se dirigió hacia la puerta. Había llegado el momento, Justin tenía que saber la verdad.

Capítulo seis

HASTA que llegó al pasillo, descalza, a Shelby no se le ocurrió que las tres de la madrugada no era el mejor momento para compartir secretos íntimos con un hombre que llevaba semanas esperando ansioso la consumación de su matrimonio. Se quedó dudando frente a la puerta entreabierta de su dormitorio. La luz estaba encendida, pero el silencio era absoluto. Tal se hubiera quedado dormido.

—No hay nadie hay dentro —dijo una voz a sus espaldas, sobresaltándola.

Shelby se giró, para encontrarse a Justin allí de pie con un vaso de whisky en la mano.

—Pensé que te habías ido a la cama —murmuró.

—¿Y qué haces tú deambulando por los pasillos?

Shelby se rio avergonzada, y una sonrisa se dibujó involuntariamente en los labios de Justin. Estaba preciosa cuando se reía. No, estaba preciosa de cualquier modo.

—¿Has venido porque quieres dormir conmigo? —aventuró Justin confuso.

—Bueno, no es la única razón —balbució ella sonrojándose. Alzó los ojos hacia el rostro de él, y luego volvió a bajarlos—. ¿Sabías que nadie me había besado antes de que lo hicieras tú?

Justin parpadeó incrédulo.

—¿Has venido a decirme eso a las tres de la mañana?

—Bueno... es que me parecía que era importante que lo supieras —dijo ella encogiéndose de hombros.

Volvió a alzar la vista hacia él, y sus ojos verdes escrutaron con aire melancólico las duras facciones, la sensual boca, los marcados músculos del tórax y el estómago...

—Es increíble —murmuró con un suspiro, sin poder apartar la mirada del torso bronceado.

—¿El qué? —inquirió él frunciendo el entrecejo, y observando algo turbado cómo lo estaba devorando con los ojos.

—Que no tengas que echar a las mujeres de tu dormitorio con el palo de una escoba —contestó ella distraídamente.

—Ese relajante muscular... ¿tenía efectos secundarios? —inquirió Justin enarcando las cejas. No podía creer lo que estaba oyendo.

Shelby se rio suavemente.

—¿Puedo dormir contigo? La verdad es que aún estoy temblando por dentro por el susto. Es decir... —dijo aclarándose la garganta—, si no te importa demasiado. No querría empeorar las cosas.

—No creo que puedan ponerse peor de lo que están ya —repuso él quedamente. La miró a los ojos—. Está bien, pasa.

Shelby lo siguió al interior del dormitorio, y subió a la cama mientras él sostenía las sábanas para que se deslizara bajo ellas.

—Puedo ajustar el aire acondicionado si quieres —le ofreció Justin.

—No, está bien —replicó ella—. Detesto dormir en una habitación calurosa, incluso en invierno.

—A mí me pasa lo mismo —admitió él con una débil sonrisa. Apagó la luz y se metió en la cama.

—¿No vas... um... no vas a quitarte los pantalones, verdad? —inquirió Shelby agradeciendo que en la oscuridad él no pudiera verla enrojecer.

Justin se echó a reír.

—Por Dios, Shelby...

—No te rías de mí —murmuró ella ofendida.

—Yo siempre pensé que eras una chica sofisticada —confesó Justin—, ya sabes, una de esas chicas liberadas que tienen una ristra de hombres bajo la manga y beben champán y lucen diamantes.

—Pues sí que estabas equivocado... —murmuró Shelby—. Hasta que apareciste tú, solo había salido con un hombre, y la única vez que intentó besarme, mi padre le pegó una bofetada. Estaba obsesionado con mantenerme casta y pura hasta que encontrara a alguien a quien venderme, a alguien que lo hiciera aún más rico de lo que era. Pero claro, tú no podías saber eso, porque crees que fue un santo...

Justin encendió la luz y la miró fijamente a los ojos, advirtiendo el rubor que teñía sus mejillas.

—¿Te importaría apagar la luz, por favor? No puedo hablar de estas cosas mirándote a la cara.

Justin se limitó a sonreír divertido e hizo lo que le pedía.

—Está bien, continúa.

—Mi padre jamás quiso que me casara contigo, a pesar del teatro que montó —le explicó Shelby—. Quería que me casara con Tom Wheelor porque él también criaba caballos de carreras, y quería asociarse con él.

—Perdona, pero no me lo trago —replicó él. ¿Cómo iba a creerse esa historia? Bass Jacobs lo había ayudado a sacar adelante su negocio. Se preguntó si ella habría llegado a averiguar aquello.

Shelby suspiró.

—Pues es la verdad. Estaba decidido a hundirte y a separarnos, y por eso se inventó esa mentira de que yo estaba enamorada de Tom y quería casarme con él.

—Tú admitiste que te acostabas con él —le recordó Justin irritado—. Y me habías rechazado aquella noche. No necesitaba más pruebas.

—Pero no te rechacé porque te encontrara repulsivo como tú crees —le espetó ella.

—¿Ah, no?

Y antes de que Shelby pudiera decir nada, rodó para colocarse encima de ella. Con un brazo la atrajo hacia sí, y buscó sus labios en la oscuridad, besándolos con rudeza. Shelby, asustada, alzó las manos contra su pecho para apartarlo, y cuando la rodilla de Justin se deslizó entre las de ella, se puso rígida y luchó aún con más ahínco.

Entonces Justin se apartó sin decir nada y se bajó de la cama. Shelby escuchó como accionaba el interruptor de la pared, y cuando lo vio volverse hacia ella, sus ojos relampagueaban furiosos.

—¡Sal de aquí! —rugió.

Shelby sabía que nada de lo que pudiera decirle lo calmaría, así que se bajó de la cama, llorosa y pidiéndole disculpas con la mirada, y obedeció. No miró atrás. Cerró la puerta suavemente tras de sí y, sin que las lágrimas dejaran de rodar por sus mejillas, bajó las escaleras.

Al llegar al salón, encendió la luz y fue al mueble bar para sacar una botella de brandy. Se sirvió una copa y bebió un sorbo.

En la casa reinaba el silencio más absoluto, pero su mente era un verdadero torbellino. ¿Por qué no podía comprender Justin que al tratarla con tan poca delicadeza solo lograba asustarla? ¿Y por qué se negaba siempre a escucharla?

Porque lo había vuelto a rechazar, esa era la razón, se dijo apesadumbrada. Pero, si no lo hubiera apartado, si hubiera perdido el control... Cerró los ojos espantada ante la idea del dolor que podría haber experimentado, y se estremeció.

Fue a sentarse al sofá con las piernas temblando, y agachó la cabeza, apoyando la frente en el borde de la copa. Se incorporó y, con los ojos nublados por las lágrimas, bebió otro sorbo y otro y otro... hasta que al fin se fue tranquilizando.

Cuando advirtió que no estaba sola, ni siquiera alzó la vista.

—Ya sé que me odias —murmuró sin fuerzas—. No hacía falta que bajaras para decirme eso.

Justin contrajo el rostro al ver las lágrimas en su cara y notar la angustia en su voz.

Había vuelto a herirlo, pero no podía evitar sentirse fatal al verla así.

Se sentó en el borde de la mesita de café frente a ella.

—He estado allí arriba llamándote toda clase de cosas horribles —le dijo al cabo de un minuto—, hasta que de pronto recordé lo que habías dicho, acerca de que ningún hombre te había besado antes de hacerlo yo.

—Da igual, tú piensas que soy una furcia —dijo ella amargamente—, que me acosté con Tom Wheelor.

—Y recordé algo más... —murmuró Justin, arrodillándose frente a ella para poder mirarla a los ojos—. Recordé que esta noche, cuando te saqué del arcén... me besaste. No parecías tenerme miedo, y tampoco parecía repugnarte. ¿Era porque... porque eras tú quien llevabas las riendas?

Shelby suspiró temblorosa. Al fin Justin estaba empezando a comprender. Tragó saliva y asintió con la cabeza.

—Pero hasta ahora yo siempre he sido muy brusco cuando he intentado acercarme a ti... —prosiguió él esperando otra confirmación.

—Así es —murmuró ella sonrojándose y rehuyendo su intensa mirada.

—Entonces... no te apartas de mí por repulsión, sino por miedo... no a quedarte embarazada... tienes miedo al acto en sí

—acertó por fin.

—Tómate otro whisky a mi cuenta —murmuró Shelby con un humor forzado.

Justin suspiró, viendo cómo ella deslizaba el pulgar por el borde de su copa de brandy medio vacía. Se la quitó de las manos y la puso en la mesita.

—Levántate.

Shelby elevó los ojos hacia él extrañada, pero hizo lo que le decía. Justin se tumbó en el sofá.

—Y ahora siéntate aquí —le indicó, dando una palmadita en el hueco que había dejado al borde.

Ella obedeció vacilante, preguntándose qué pretendía. Justin le tomó una mano y la colocó sobre su tórax.

—Piensa en esto como si fuera parte del... proceso de aprendizaje —le dijo.

Shelby dejó escapar un suave gemido, y buscó sus ojos.

—Pero tú... A ti no te gusta que... —balbució recordando que en el pasado jamás la había animado a dar el primer paso.

—Olvídate de mí —le espetó él—. Si de este modo logro que me pierdas el miedo, estoy dispuesto a darte ventaja.

Nuevas lágrimas acudieron a los ojos de Shelby, y tuvo que morderse el labio inferior para que dejara de temblar.

—Oh, Justin... —murmuró, emocionada por aquel gesto.

—¿Podrás hacerlo así? —le preguntó él con ternura—. Si te dejo, ¿crees que podrías hacerme el amor tú a mí?

Las lágrimas rodaban ya por las mejillas de ella, incapaz de contenerlas por más tiempo.

—Quería decírtelo, Justin, pero me daba vergüenza... —sollozó.

—Está bien —la tranquilizó él—. Debí haberlo comprendido hace tiempo. No te haré daño, Shelby, yo jamás te haría daño...

Entre lágrimas, Shelby emitió una risa ahogada. Tenía gracia que al final hubiera tenido que ser él quien lo adivinara por sí mismo. Sonrió, y se inclinó insegura para besarlo.

Justin sentía que el corazón le iba a estallar. ¿Por qué no había sido capaz de comprenderlo hasta entonces? Obviamente Tom Wheelor le había hecho daño, y por eso ella tenía miedo de hacer el amor con otros hombres. Detestaba la idea de que aquel tipo hubiera sido su amante, pero no podía soportar ver a Shelby sufrir el resto de sus días por cómo la había tratado. Tenían que empezar a construir una vida juntos de algún modo, y aquel parecía el más indicado.

Apartó todo pensamiento de su mente

y se concentró, curioso, en el tímido beso de Shelby. No, era evidente que no sabía besar, se dijo esbozando una sonrisa. Llevaba mucho tiempo de abstinencia, pero antes de conocerla su falta de atractivo jamás había sido un impedimento para atraer a las mujeres. Sabía lo que tenía que hacer para volverlas locas.

Como le había prometido, no la tocó. Se quedó allí echado, quieto, permitiendo que la boca de ella jugueteara con la suya.

—Puedes acercarte más —le dijo—, no voy a comerte.

Shelby sonrió, y se tumbó a su lado, con los senos apretados contra su tórax, aunque no se atrevió aún a entrelazar las piernas con las de él. Los labios le temblaban ligeramente cuando lo besó de nuevo, pero Justin se mantuvo fiel a su palabra, y no trató de atraerla hacia sí, ni de hacer el beso más íntimo.

Las manos de Shelby se enredaron en el cabello negro, y recorrió con los labios cada rasgo de su rostro. De sus labios escapó una risa; encantada como estaba de descubrir lo dulce que era poder tomarse la libertad de acariciarlo y besarlo.

Justin abrió los ojos y la miró sorprendido.

—¿A qué ha venido eso?

—Es que... si supieras cuánto tiempo hace que quería hacer esto...

—Podías habérmelo dicho —le espetó él.

—No, no podía —replicó Shelby repasando la mano por el vasto tórax—. Es algo demasiado íntimo... —y entonces, de un modo impulsivo, se agachó para rozar con sus labios el esternón—. Oh, Justin, te he echado tanto de menos...

El tórax de Justin se hinchó ante aquella caricia.

—Yo también te echaba de menos —murmuró con voz ronca—. ¡Dios, Shelby, no puedo...! —masculló.

—¿No es suficiente para ti, verdad? —inquirió ella, vacilante, alzando el rostro—. Lo siento, me temo que estoy un poco verde en esto.

El deseo oscureció la mirada de él.

—Quiero tocarte —le susurró—, quiero tenerte tumbada debajo de mí y sacarte la camisa del pijama.

Shelby se estremeció.

—Pero... si perdieras el control, ocurriría lo mismo que ocurrió arriba hace un rato —gimió—, me asustaré.

—Te juro por Dios que no lo perderé —le aseguró Justin—, aunque tenga que salir fuera a chillar en la oscuridad.

Shelby se rio, pero lo creyó. Aquello iba

a ser lo más difícil para ella: confiar en él. Tragó saliva y se tumbó de espaldas, viendo cómo él se colocaba sobre ella.

—Dar tu confianza a los demás es difícil, ¿no es verdad? —murmuró Justin adivinando sus pensamientos. La verdad era que la frase podía aplicarse a los dos.

—Sí —asintió ella—, pero ya he comprendido que no hay más remedio que arriesgarse. Antes de acostarme estaba pensando en que podía haber muerto en ese deportivo, y todos los problemas parecen tan insignificantes cuando has estado a punto de morir... Lo único en que podía pensar mientras frenaba era en ti, y en lo triste que me sentía por no haber construido recuerdos felices a tu lado.

—¿Por eso viniste a mi dormitorio? —le preguntó él con una sonrisa.

—No, no solo por eso —respondió ella estudiando sus labios—, tenía hambre de ti, y quería saber si podría controlar mi miedo, pero cuando me agarraste arriba, en tu cuarto, me desmoroné.

—Esta vez no seré brusco —le prometió Justin.

Inclinó la cabeza para rozar sus labios y mordisquearlos con cuidado, hasta que ella lo imitó. Cuando notó que su respiración estaba empezando a tornarse algo entrecortada, se puso a dibujarle arabescos invisibles en la camisa del pijama con los dedos.

Shelby se puso rígida un instante, pero al ver que sus movimientos eran lentos y suaves se relajó de nuevo.

—¿Todo bien? —le preguntó Justin levantando la cabeza.

Shelby no podría haberle expresado con palabras lo que aquella ternura significaba para ella. Asintió con la cabeza y sonrió.

Justin bajó la mirada hacia sus senos, y observó cómo se ponían de punta sus pezones cuando los acariciaba. Enseguida la escuchó gemir suavemente y notó que se estremecía. Le gustó aquella reacción, así que lo repitió, y ella se arqueó hacia él como un gato.

—Me siento... extraña —murmuró Shelby—, temblorosa.

—Yo también —susurró Justin. La besó dulcemente hasta que ella abrió la boca para darle acceso—. ¿Quieres que te diga lo que voy a hacer ahora?

El corazón de Shelby empezó a latir como un loco, pero volvió a asentir con la cabeza.

—Voy a desabrocharte la camisa —le dijo Justin, y procedió a sacar, uno tras otro, cada botón de su ojal.

Cuando estuvo totalmente desabrochada, Justin la abrió por abajo, pero dejando aún cubiertos sus senos, y la miró a los ojos, y vio reflejados en ellos su timidez, pero también una creciente excitación que no podía ocultar.

—Tienes los pechos pequeños —susurró pasando la mano por una de sus curvas, tapada todavía por el satén—. Me gustan las mujeres con los pechos pequeños.

Shelby volvió a estremecerse, y gimió maravillada mientras él los acariciaba con maestría, evitando siempre el pezón endurecido.

—Sí, eso te gusta, ¿verdad? —murmuró contra sus labios.

Volvió a acariciarle los senos, pero esa vez no se detuvo al llegar a los pezones, sino que abrió las palmas y las apretó contra aquellas cálidas cumbres. Shelby emitió un profundo gemido que la debió sorprender a ella misma, porque tragó saliva y se humedeció los labios con la lengua.

—Te comportas... como una virgen —susurró Justin.

Finalmente, apartó sensualmente el resto de la tela, y se incorporó un poco para admirarlos. Aquellos montículos cremosos de areolas sonrosadas estaban modelados tan exquisitamente, que por un momento se quedó sin respiración.

—¿De verdad no te importa que sean... pequeños? —se escuchó preguntar Shelby.

—Dios, claro que no —fue la respuesta

inmediata de él—. ¿Te importaría que los besara?

Shelby se sonrojó profusamente, pero sonrió y sacudió la cabeza.

—No.

Justin le devolvió la sonrisa y agachó la cabeza. Shelby volvió a arquearse al sentir el contacto de aquellos labios en sus senos, diciéndose que, en toda su vida, jamás había imaginado que pudiera experimentarse un placer semejante al ser acariciada. Hundió los dedos en su cabello y lo sostuvo apretado contra su cuerpo, temblorosa. Suspiró y gimió, y sus ojos se llenaron de lágrimas de dicha.

Justin la notó estremecerse, y comprendió inmediatamente la razón. Era la señal que había estado esperando. Sus grandes manos descendieron hacia las caderas de Shelby y siguieron bajando hasta llegar al vientre.

Justin le estaba quitando el pantalón del pijama con tanta sensualidad y destreza que a ella no le importó en absoluto, y tampoco se sintió amenazada. Le encantaba el contraste algo áspero de sus manos con la suavidad de su piel.

Él tomó uno de sus senos en la boca y succionó, haciéndola gemir de placer otra vez. De pronto Shelby se encontró subiendo y bajando las manos por los musculosos brazos, atrayéndolo más hacia sí, susurrándole, rogándole que le diera algo sin saber muy bien lo que era.

Le mordió el hombro, y cuando Justin alzó la cabeza y la miró, Shelby apenas sí podía verlo, nublada como tenía la vista por el deseo que él había despertado poco a poco en ella. Le pareció que sonreía antes de volver a reclamar sus labios, y entonces sintió que invadía su boca con la lengua en envites lentos y exquisitos, al tiempo que su cuerpo titilaba debajo del de él.

Le rodeó el cuello con los brazos y lo apretó contra sí, deleitándose en los duros contornos de su cuerpo y en el calor que se generaba al estar piel contra piel. Sus sentidos registraron vagamente el hecho de que él ya no tenía puesto el pantalón del pijama, pero el tacto de su cuerpo desnudo era tan excitante que verdaderamente no quería que se detuviera.

—Va a suceder... ahora —le susurró Justin. Introdujo la rodilla entre sus largas piernas, notándola temblar—. No te haré daño, Shelby y tampoco te presionaré. En cualquier momento puedes decirme que pare. Voy a hacer esto con tanta dulzura que no tendrás ningún miedo. Quédate quieta y confía en mí... solo unos segundos más.

Shelby estaba temblando, y notaba que

él también, pero nunca había deseado nada con tanta intensidad como aquello. Estaba compartiendo el momento más íntimo de su vida con Justin, con su marido, con el hombre al que amaba más que a nada en el mundo. Se había mostrado tan paciente, tan tierno, que quería entregarse a él en cuerpo y alma.

—Justin... —le susurró ansiosa, observando cómo se tensaban sus facciones.

Al notar el primer contacto, Shelby dio un pequeño respingo.

—Shh... —la tranquilizó él, y sonrió, forzándose a controlarse—. Voy a estar pendiente de tus reacciones —murmuró contra sus labios—, así que en el instante en que sientas el más mínimo dolor lo sabré.

Habían dejado las luces encendidas, pero lo único que Shelby podía ver era el rostro de Justin. En el silencio de la noche escuchaba su respiración entrecortada, jadeante. Sin embargo, no estaba asustada, ni siquiera por el peso de su cuerpo. Pero entonces el dolor le sobrevino como un cuchillo al rojo vivo. Gritó, y las lágrimas rodaron sin poder contenerlas por sus mejillas.

Justin se había quedado quieto como si se hubiera convertido en piedra. Entreabrió los labios y la miró incrédulo. Se movió de nuevo, y vio que Shelby apretaba los dientes.

—Lo siento —sollozó ella—, no pares... Está bien, creo que puedo... soportarlo.

—¡Dios del cielo!

Justin se retiró, estremeciéndose violentamente.

—Justin... No tenías... no tenías por qué parar —murmuró ella.

Pero él no estaba escuchándola. Alargó la mano para alcanzar su vaso de whisky, pero las manos le temblaban de tal modo que casi derramó el contenido antes de que llegara a su boca.

Se puso de pie, y Shelby apartó la mirada pudorosa ante su masculinidad erecta.

—Lo siento mucho, Shelby —dijo Justin.

Se agachó para recoger el pantalón del pijama y ponérselo. Después, fue junto a ella, la tomó en sus brazos y se sentó de nuevo en el sofá con ella encima, acunándola y susurrándole palabras que la calmaran mientras las lágrimas seguían cayendo.

Cuando el llanto paró, Justin le secó la cara con un pañuelo. La mejilla de Shelby descansaba contra el tórax de Justin, mientras que sus senos estaban suavemente apretados contra el estómago de él.

—Eres mi esposa, Shelby —le susurró Justin al ver su azoramiento—, no pasa nada porque te vea sin ropa.

—Lo siento —musitó ella—, supongo que

tienes razón. Es solo que esto es... nuevo para mí.

—Lo sé —respondió Justin sonriendo—. Mi esposa virgen... —murmuró acariciándole suavemente los senos—. ¡Oh, Shelby, Shelby...!

—Yo... El doctor Sims me hizo una intervención quirúrgica, pero solo de un modo parcial —le explicó ella—. Me temo que no fue suficiente —le dijo poniéndose roja como una amapola.

—¿Y por qué no le dejaste que te hiciera la operación completa?

—Para poder demostrarte que no me había acostado con Tom —respondió ella.

—¡Dios mío! —murmuró él tomándola por la barbilla para que lo mirara a los ojos—. Dios mío, no quiero ni pensar en lo que habría ocurrido si no me hubiera detenido arriba en el dormitorio, o ahora, hace un momento.

—Habría dejado de dolerme, Justin, seguro... —murmuró ella con timidez.

—¡Y un cuerno! —exclamó él suspirando con pesadez—. He sido un bruto, Shelby, por no querer escucharte. Me temo que no te va a hacer gracia, pero deberías ir otra vez a tu médico para que acabe de hacerte esa operación.

—Pero...

—Un poco de dolor es una cosa, pero lo que tienes ahí es... —notó que ella estaba bastante incómoda hablando del tema, así que la abrazó y le dijo—. Anda, ponte la ropa. Te serviré un poco de brandy.

Shelby se levantó y se vistió. Se notaba las mejillas ardiendo. Nunca hubiera imaginado que la intimidad entre un hombre y una mujer fuera así. Estaba contenta a pesar del susto y del miedo, porque había descubierto que Justin era capaz de controlarse, que era paciente y considerado cuando quería serlo.

—Shelby —dijo él de pronto—, ¿por qué no me habías contado nada de esto?

—¿Y cómo iba a hacerlo? —le respondió ella con un suspiro—. Oh, Justin, tengo veintisiete años y estoy tan verde como una adolescente... Ni siquiera puedo hablar de esto contigo ahora sin sonrojarme.

—Yo creía que me encontrabas repulsivo —murmuró él—. Nunca pensé... Si hubiera sabido esto no te habría tratado como te he tratado hasta ahora. Yo... me dolía tanto pensar que me hubieras engañado con otro hombre... y cuando tú me rechazabas yo me sentía fatal.

—Bueno, al menos ahora sabes por qué me apartaba de ti.

Justin la miró a los ojos largo rato.

—¡Dios, te deseo tanto...!

—Yo también te deseo, Justin —musitó ella bajando la vista a la alfombra.

—Pues entonces solucionemos esto: ve a ver al doctor Sims, hazte esa operación, tengamos un matrimonio de verdad, la clase de matrimonio en el que dos personas duermen juntas y tienen hijos.

Shelby volvió a sonrojarse, pero se obligó al alzar la vista hacia él.

—¿De verdad quieres que tengamos hijos?

—Sí, los quiero tener contigo, con nadie más.

—Entonces no tendré que tomar... nada.

—No —contestó Justin esbozando una sonrisa.

Shelby se quedó allí de pie incómoda, sin saber cómo decirle lo que le quería decir.

—Supongo que no sería una buena idea que durmiéramos juntos después de esto, ¿verdad? —musitó esperando que él le dijera que no, que podían dormir juntos.

—Tal vez sería lo más sensato, pero vamos a dormir juntos —le respondió Justin—. Aunque no hagamos el amor, puedo abrazarte mientras duermes.

—Justin, yo... quería pedirte perdón por tantas cosas... —Shelby suspiró aliviada.

—Yo también a ti, Shelby —contestó él inclinándose para besarla suavemente—, pero creo que lo mejor será que dejemos que las cosas vayan poco a poco. No volveré a presionarte.

—Gracias.

Justin apagó la luz y subieron juntos a su dormitorio.

—¿Seguro que estás bien? —le preguntó cuando ya estaban en la cama, con ella acurrucada contra su cuerpo—. ¿No te he hecho mucho daño?

—No —susurró ella en la oscuridad.

—¿Y tampoco te asusté demasiado? —insistió él preocupado.

—No, Justin, fuiste muy dulce —lo tranquilizó ella frotando su mejilla contra el pecho de él.

—Así debería hacerse siempre el amor —dijo Justin—, pero soy un hombre apasionado, señora Ballenger, y llevo bastante tiempo de abstinencia.

—¿Unos meses? —preguntó Shelby con una media sonrisa.

—Um... Un poco más —contestó Justin besándola en la frente—. Unos seis años.

—¡Cielos! Nunca hubiera imaginado que... —balbució Shelby sorprendida—. Justin, yo...

—Shhh... Anda, duérmete, tienes que descansar.

Volvió a besarla, y la atrajo más hacia sí.

Capítulo siete

JUSTIN apenas podía creérselo cuando se despertó a la mañana siguiente y vio a Shelby a su lado en la cama. Estaba ya tan acostumbrado a que los sueños con ella terminasen al amanecer... Pero allí estaba, dormida, con la larga cabellera de azabache desperdigada sobre la almohada, sus finos rasgos élficos, y los labios entreabiertos, tan dulces y tentadores.

Se quedó largo rato allí echado junto a ella, observándola. Se había sentido muy solo sin ella... y únicamente en ese momento se daba cuenta de hasta qué punto la había echado de menos. Durante el tiempo que estuvieron saliendo, le gustaba imaginarse así en la cama con Shelby, viéndola dormir plácidamente. Ella no podía imaginar cuánto significaba para él, ni que la noche anterior había sido para él una tremenda revelación, la culminación de las esperanzas que tanto tiempo había estado abrigando, aun cuando no habían acabado lo que empezaron. Además, el haber descubierto que era virgen, lo había sorprendido y llenado de gozo: nunca lo había engañado, ni con Tom

137

Wheelor ni con nadie.

Se inclinó para besarla suavemente en los labios, y Shelby parpadeó y abrió los ojos, guiñándolos por la luz del sol. Bostezó ligeramente y le sonrió.

—Buenos días.

—Buenos días —respondió él besándola de nuevo—. ¿Has dormido bien?

—No había dormido mejor en toda mi vida. ¿Y tú?

—Yo tampoco —le dijo Justin tapándola con la sábana—. Quédate en la cama y descansa. No tienes que levantarte aún.

—¿Te vas a la nave tan temprano? —inquirió ella adormilada, echando un vistazo al reloj.

—Tengo que tomar un vuelo a Dallas, cariño —le explicó él levantándose—. He quedado con un nuevo cliente, pero estaré de vuelta por la noche.

—Pues yo no tengo que estar en el bufete hasta las nueve —le dijo ella con una sonrisa ufana.

—Pues yo preferiría que no tuvieras que ir en absoluto —repuso él frunciendo el ceño.

—Justin, me gusta mi trabajo —protestó ella con un mohín.

—Sí, pero a mí no me gusta nada Barry Holman —murmuró Justin.

—Puede que sea un donjuán, pero conmigo se porta siempre muy correctamente —le aseguró Shelby—. Además, es un buen hombre, de verdad.

Justin se dio la vuelta, no quería que leyese en su rostro lo celoso que estaba de su atractivo jefe.

—Bueno, voy a darme una ducha.

Shelby se quedó mirándolo mientras buscaba ropa interior en uno de los cajones del armario y se dirigía hacia el cuarto de baño, devorando su torso desnudo con los ojos. Lo ocurrido la noche anterior le parecía en ese momento tan irreal... Se sonrojó al recordarlo, pero Justin no lo vio porque había entrado ya en el aseo.

Volvió a quedarse dormida y, cuando se despertó, él estaba ya vestido con un traje gris claro que marcaba cada músculo de su cuerpo, y se encontraba en ese instante anudándose la corbata frente al espejo.

Mientras lo miraba, volvió a recordar todo lo que habían hecho la noche anterior y a ruborizarse.

—Caray, menudo sonrojo... —murmuró Justin divertido. Adoraba esas reacciones de ella—. Apuesto a que si me pongo ahora a rememorar la noche anterior te esconderías debajo de la cama.

—Y no perderías la apuesta, te lo aseguro —respondió ella riéndose—. ¡Oh, Justin!

—susurró sonrojándose aún más por los recuerdos y tapándose el rostro con las manos.

Justin se sentó a su lado en la cama y la abrazó. Shelby, con la cabeza apoyada en su pecho, inspiró profundamente, inhalando su colonia.

—¿Seguro que quieres ir a trabajar? —le preguntó Justin, tomándola de la barbilla para que lo mirara a los ojos—. El médico dijo que tal vez te convendría hacer reposo.

—Estoy bien. Me llevé un buen susto, pero después de haber descansado parece que los dolores han desaparecido.

—Yo también me llevé un buen susto —murmuró Justin—, gracias a ti tengo cinco canas más esta mañana.

Shelby alzó la mano para peinar con los dedos sus cabellos, hundiéndolos entre los mechones sobre la frente, donde las primeras canas empezaban a asomar en la mata de pelo negro.

—Shelby... —dijo Justin de repente. Ella advirtió de inmediato que la calma en su voz era engañosa—, ¿por qué me mentiste acerca de Wheelor? ¿No te habría bastado con romper nuestro compromiso sin tener que herir también mi orgullo?

Ahí estaba de nuevo, pensó Shelby, el resentimiento volvía a aparecer. ¿Acaso no iba a perdonarle jamás lo ocurrido, ni siquiera tras comprobar por sí mismo que no lo había traicionado? De repente empezó a preguntarse si tal vez él solo la deseaba físicamente, y si no podría haber nunca nada más que eso. Ella quería que la amara, la pasión no era suficiente. La tristeza hizo que se le humedecieron los ojos. La dicha que la había inundado la noche anterior estaba derrumbándose como un castillo de naipes. Cerró los ojos y exhaló un suspiro de hastío y frustración.

—Ya te lo dije anoche, fue idea de mi padre.

—Eso no me cuadra, Shelby. Él me apreciaba... Me ayudó muchísimo. Incluso lloraba la noche que vino a verme con Wheelor...

Shelby lo miró a los ojos.

—Todo esto se reduce a una cuestión de confianza, Justin, y sé que tú sigues sin confiar en mí. Tampoco es del todo culpa tuya —se apresuró a añadir—, porque yo empeoré las cosas al mentirte, pero si pudieras al menos darme un voto de confianza...

La mandíbula de Justin se puso tensa.

—No puedo —murmuró. La soltó y se puso de pie—. Yo aún te deseo, y tú lo sabes, pero no puedo volver a abrirte mi corazón. Quien ha traicionado una vez, puede volver a hacerlo.

—Yo no te traicioné, tú mismo has comprobado que todavía soy virgen —le recordó ella incómoda.

—No me refería a eso: me mentiste, me dejaste tirado —inspiró profundamente y sacó un paquete de cigarrillos de la chaqueta—. Ni siquiera ahora puedo estar seguro de que no vayas a dejarme tirado de nuevo por tu jefe. Está claro que él no necesitaría que lo alentaras demasiado para lanzarse, y además no es nada feo, ¿no es cierto?

—Tú no eres feo.

—¡Qué curioso que te hayas dado cuenta tan rápido de que estaba hablando de mí...! —le espetó él irritado—. No te metas en problemas mientras estoy fuera —le dijo lanzándole las llaves del Thunderbird—, y ten cuidado con mi coche.

—No tocaré tu preciado coche si no quieres —murmuró Shelby airada—. Tomaré un taxi para que todo el mundo en Jacobsville murmure.

Se quedaron un buen rato desafiándose el uno al otro con la mirada, pero de pronto Shelby observó que las comisuras de los labios de Justin se arqueaban ligeramente, para dar paso a una sonrisa lobuna, y a continuación estalló en carcajadas.

—Bruja —masculló divertido.

—Salvaje —le espetó ella.

Justin avanzó hacia la cama como un animal de presa. Shelby había echado a un lado las sábanas, y trató de rodar hacia el otro lado de la cama, pero él fue más rápido, y en un instante la tuvo atrapada bajo su fuerte cuerpo, sin poder escapar. Ella se revolvió entre risas.

—Eso es, lucha —la animó Justin divertido, pero la rodilla de ella lo rozó en la entrepierna y dejó escapar un gemido ahogado—. Dios, Shelby...

Ella se quedó quieta, roja como una amapola.

—Bueno, tampoco es para ponerse así —la picó Justin—. Anoche ya viste como me excitabas, y eso que ahora no estamos piel contra piel...

—¡Justin, para ya! —volvió a reírse Shelby, ocultando el rostro en el hueco de su cuello.

—Eres como una chiquilla —murmuró él con ternura. Y rodó de modo que ella quedó encima de él—. ¿Mejor así? —le preguntó. Para él desde luego era mejor, ya que le ofrecía una buena vista del escote de su pijama.

—Eres un hombre horrible —bromeó Shelby haciendo pucheros.

—Lo soy —asintió él. Tomó un mechón entre sus dedos y la hizo agachar la cabeza tirando suavemente de él—. Bésame.

—Te arrugaré el traje...

—Me da igual, tengo docenas de trajes más planchados en el armario, pero ahora quiero que me beses, y ya, porque tengo que tomar ese avión.

Shelby claudicó divertida, y la discusión que habían tenido hacía un momento quedó olvidada en cuanto sus labios se fundieron con los de él. Justin deslizó una mano entre sus cabellos, y la tomó por la nuca para acercarla aún más mientras hacia el beso más profundo.

—Después de que te hagas la operación tendremos que esperar al menos un par de días antes de retomar lo que empezamos anoche, así que no vayas a darle vueltas y a ponerte nerviosa, ¿de acuerdo? —le dijo Justin mirándola a los ojos—. No te presionaré, será como tú quieras que sea.

Shelby lo besó primero en un párpado y luego en el otro con adoración. Quería susurrarle que lo amaba más que a su propia vida, que todo lo que había hecho lo había hecho solo para protegerlo, pero sabía que él aún no había recobrado la confianza en ella. Tendría que ir poco a poco.

—¿Me creerías si te dijera que ya no te tengo miedo? —murmuró.

—Cariño, ¿cómo no voy a creerte en la postura en la que estamos?

—¿Qué pos...? ¡Justin!

Él se rio y volvió a hacerlos rodar sobre el colchón quedando de nuevo sobre ella.

—En «esta» postura... —le dijo besándola sensualmente—. Bésame para que pueda marcharme.

—Ya lo he hecho... varias veces —le susurró Shelby subrayando cada palabra con un beso.

—Pues hazlo unas cuantas más, hasta que sienta que mis piernas pueden sostenerme de nuevo.

Shelby se rio, y tras rodearle el cuello con los brazos le mordió el labio inferior con dulzura.

—Ahora eres mío —le dijo mirándolo a los ojos—, así que ni se te ocurra ir por ahí flirteando con otras.

Justin sonrió encantado ante aquel arranque de posesividad. Volvió a tomarla por la nuca, y le dio un beso largo y profundo, teniendo que obligarse a ponerse en pie para poder parar.

—Será mejor que me marche antes de que se funda la última de mis neuronas —bromeó sin poder apartar la vista de ella. Shelby rehuyó vergonzosa su mirada—. Me habrías dejado seguir adelante, ¿verdad? —le preguntó de repente en voz queda—. Aun sabiendo lo mucho que te habría dolido... no me habrías detenido.

—Quería que supieras la verdad —murmuró ella.

—Fuiste muy valiente —añadió Justin mirándola con admiración. Se quedó un momento en silencio, como si no quisiera dejarla, pero tras echar un vistazo a su reloj de pulsera, suspiró y le dijo—. Tengo que irme ya.

Shelby se incorporó mientras él se dirigía a la puerta.

—Que tengas un buen viaje.

Justin no dijo adiós, sino que tras volverse una última vez a mirarla, salió y cerró la puerta tras de sí. «Ojalá pudiera leerle la mente», se dijo Shelby. ¿De qué otro modo podría averiguar lo que sentía por ella? Se preguntaba si él siquiera lo sabría.

El día fue realmente agotador para Shelby. Después de tener que aguantar toda la mañana y parte de la tarde al señor Holman chillando a Tammy por una cosa o por otra, a última hora fue a la consulta del doctor Sims, quien le había dado cita para terminar de realizarle la intervención.

Llegó a casa cansada, pero después de tomarse una buena taza de café y la deliciosa cena que le había preparado María, se sintió mejor.

Estuvo viendo un rato la televisión, esperando a Justin, pero la había llamado para decirle que el vuelo se había retrasado, y pronto empezaron a cerrársele los ojos, así que decidió subir a acostarse. Al pasar por delante del dormitorio de Justin se quedó dudando un momento, sin saber qué hacer, pero le pareció que tal vez él se molestaría si la encontraba allí sin su permiso.

Se fue pues a la habitación de invitados, y apenas se hubo metido en la cama se quedó dormida.

No oyó llegar el taxi de Justin, ni abrirse la puerta, ni cómo sus pasos se dirigieron esperanzados a su dormitorio, para maldecir entre dientes al encontrar la cama vacía, ni tampoco lo vio observarla en silencio con el ceño fruncido cuando fue a la habitación de invitados y la halló allí dormida.

Justin cerró la puerta tras de sí, ceñudo, y se fue a su cuarto. Había pensado que ella lo estaría esperando despierta, o al menos que se habría ido a dormir a su cama.

Shelby pasó la noche ignorante de su enfado, y al levantarse por la mañana bajó las escaleras deseosa de ver a Justin, pero cuando entró en el comedor, él le lanzó una mirada furibunda.

Shelby se detuvo en la puerta sin saber cómo actuar.

147

—Buenos días —balbució.

—No son precisamente buenos.

Shelby enarcó las cejas y sw acercó a él. Justin apartó la vista de ella y alzó la taza para tomar un sorbo de café.

—Le diré a López que te lleve al trabajo —le dijo—. ¿Te importaría devolverme las llaves de mi coche?

Shelby las sacó del bolsillo de su falda y las puso sobre la mesa, pero antes de que pudiera retirar la mano, Justin la retuvo con la suya.

—¿Por qué volviste a la habitación de invitados anoche? —la interrogó. Sus ojos negros parecían lanzar llamaradas.

¡De modo que se trataba de eso!, pensó Shelby suspirando aliviada.

—No sabía si querrías que durmiera contigo otra vez —le dijo con una sonrisa tímida—. Cuando te fuiste no me dijiste adiós y... bueno, no quería molestarte —confesó encogiéndose de hombros.

—Dios mío, Shelby, estamos casados... —murmuró él—. No me molestas.

Shelby bajó la vista a la fuerte mano que aferraba la suya, y su calidez la hizo estremecer por dentro.

—Es que... desde que nos casamos siempre te has comportado de un modo muy distante.

—¿Y no sabes todavía el porqué? —le preguntó él con suavidad.

Ella lo miró a los ojos y asintió lentamente.

—Porque me... ¿porque me deseas?

—En parte es por eso —asintió Justin sin querer entrar en más detalles—. ¿Fuiste a ver al doctor Sims?

El sonrojo de Shelby le dio la respuesta antes de que ella asintiera con la cabeza. Justin retiró la silla junto a la suya para que se sentara.

—Te llevaré yo mismo a la oficina —le dijo acercándole un plato de huevos revueltos.

Shelby sonrió con la cabeza agachada.

Cuando llegaron a la ciudad, Justin estaba ya más calmado, pero no le duró mucho, porque en cuanto aparcó junto al bufete, vio a Barry Holman en la acera, mirando en derredor con los brazos en jarras, como si estuviera esperando impaciente la llegada de alguien... de Shelby, pensó Justin frunciendo el ceño.

Holman alzó la vista hacia ellos en cuanto el Thunderbird se detuvo, y el rostro se le iluminó. Sonrió de un modo exagerado, y corrió junto a Shelby, saludando de pasada a Justin con una mera inclinación de cabeza.

Este pareció querer fulminarlo con la mirada, pero no dijo nada.

—Gracias a Dios que has venido —le dijo Barry Holman a Shelby, abriendo la puerta de la oficina—, temía que llegaras tarde —le dijo tomándola del brazo y arrastrándola en esa dirección—. No te preocupes, Justin, cuidaré bien de ella —le dijo sonriéndole.

Justin no contestó, y tampoco le dijo adiós a Shelby, sino que se metió en el coche dando un portazo. Y, sin mirar atrás, arrancó el automóvil y se alejó de allí a toda velocidad.

—¿Ha ocurrido algo, señor Holman? —le preguntó Shelby a este parándose en seco ante la puerta. La marcha de Justin la había dejado un poco nerviosa, y no era para menos, su jefe le había dado una impresión muy poco favorable de su relación, haciendo que pareciera algo más que la estrictamente laboral.

—¡Esa mujer tiene que irse! —le respondió Holman con grandes aspavientos—. ¡Se ha encerrado en mi despacho y se niega a salir! Pero no me he quedado de brazos cruzados, ¡ah, no!… He llamado a los bomberos —le dijo con una sonrisa cruel—. Echarán la puerta abajo, la sacaré de los pelos y la pondré de patitas en la calle… para siempre.

Shelby se frotó la nuca incómoda:

—Em… Señor Holman… ¿y por qué… por

qué se ha encerrado Tammy en su oficina?

Su jefe carraspeó.

—Fue por... fue por el libro.

—¿Qué libro?

—El libro que le tiré —masculló él irritado.

—¡¿Le tiró un libro?!

—Bueno, sí, un diccionario... —farfulló él metiéndose las manos en los bolsillos del pantalón—. Teníamos cierta diferencia de opiniones acerca de cómo se escribía un término legal. En fin, imagínate... —añadió enfadado—. Soy abogado, estudié derecho... ¿Qué se cree, que no sé deletrear los términos de mi profesión?

Shelby, que había comprobado de primera mano la desastrosa ortografía del señor Holman, no dijo una palabra, pero frunció los labios.

—De acuerdo —prosiguió su jefe hablando más consigo mismo que con ella—, le dije algunas cosas, pero ella me dijo también otras... ¿Dónde ha quedado el respeto hacia los superiores? El caso es que le lancé el libro, me estaba poniendo frenético, y entonces fue cuando se encerró en mi despacho... ¡Por un libro nada más!—exclamó. Shelby enarcó las cejas—. Bueno, y por el cristal —admitió.

—El... ¿cristal? —inquirió ella boquiabierta.

—El cristal de la... ventana —murmuró su jefe.

Se dio la vuelta y le señaló unos cristales rotos sobre la acera en los que ella no había reparado hasta ese momento. Barry Holman se agachó a recoger algo de entre el estropicio.

—¡Ah, aquí está! Sabía que debía estar por aquí —le dijo levantándose y blandiendo el diccionario, un diccionario bastante grueso.

Shelby se debatía entre la risa y las lágrimas cuando se oyó un chirrido y una sirena, y apareció torciendo la esquina el camión de bomberos. Se detuvo frente al edificio.

—Estoo... ¿No les dijo para qué necesitaba que vinieran? —le preguntó Shelby a su jefe al ver que los bomberos se bajaban y empezaban a desenroscar una manguera.

—Pues no, la verdad es que no —respondió Holman distraídamente—. ¡Oh, hola, Jake! —saludó al jefe de bomberos de Jacobsville, adelantándose—. ¡Gracias a Dios que habéis venido!

—¿Dónde es el incendio, Holman? —inquirió este mirando en todas direcciones.

—¿Incendio? —repitió Barry rascándose la cabeza—. La verdad es que no hay ninguno. Se trata de otra clase de emergencia.

Jake, un tipo grande y fuerte con la cara colorada, lo miró ceñudo.

—No hay fuego —les hizo una señal a sus compañeros para que guardaran la manguera—. ¿Entonces para que nos necesitas?

—Quiero que echéis abajo la puerta de mi despacho con un hacha. Es que... he perdido la llave —improvisó el señor Holman. No podía decir la verdad delante de la muchedumbre de curiosos que se había agolpado allí delante.

—¿Y por qué no has llamado a un cerrajero? —preguntó el jefe de bomberos empezando a perder la paciencia.

—Pues porque... porque...

—Una joven empleada se ha encerrado allí y no quiere salir —le explicó Shelby al jefe de bomberos, llevándolo aparte.

—¡Por todos los demonios, Barry!, ¡¿quieres que tiremos una puerta a hachazos para hacer salir a una pobre chica?! —exclamó Jake.

La muchedumbre prorrumpió en carcajadas mientras que Barry Holman enrojecía y balbucía cosas como: «¿Pobre chica?» y «¡es un diablo, un diablo!» Por suerte no fue precisa ninguna actuación, ya que en ese momento, Tammy, que debía haber oído el jaleo salió por su propia voluntad, y avanzó amenazadora hacia su jefe.

—¡Dimito! —le gritó al señor Holman. En cuanto llegó a su lado le arrebató el diccionario de la mano, y lo golpeó con él en la cabeza con todas sus fuerzas. Se volvió hacia Shelby temblando de ira—. Lo siento, Shelby, pero a partir de hoy vuelves a ser la única secretaria de esta oficina. ¡No aguanto ni un día más al lado de este atormentador de mujeres! ¡Y no tiene usted ni idea de ortografía, señor abogado de pacotilla! —le gritó a Holman.

—¡Tengo mucha más idea que tú, niñata de instituto! —le gritó él viéndola alejarse—. ¡No esperes que vaya corriendo tras de ti para rogarte que vuelvas!, ¡no pienso hacerlo! Seguro que en esta estúpida ciudad hay cientos de estúpidas mujeres que no sepan deletrear, igual que tú, y que necesiten trabajo.

El jefe de bomberos estaba observando la escena boquiabierto, mientras que Shelby trataba a duras penas de no estallar en risas. Presintiendo lo que iba a ocurrir, se escabulló y entró en la oficina. Y, tal y como había supuesto, al cabo de un par de minutos el jefe de bomberos estaba lanzando serpientes y culebras por la boca a un aturdido Barry Holman por haberlos llamado para semejante majadería, y diciéndole que diera gracias por que no fuera a informar de ello a la policía para que le pusieran una multa o lo arrestaran.

El incidente con Tammy había puesto de un humor de perros a Barry Holman, así que, seguramente enfadado porque no hacía más que despotricar de ella y no sacaba trabajo adelante ni dejaba trabajar a Shelby, decidió que cerrarían una hora antes. Shelby recogió sus cosas y llamó a la nave de los Ballenger para preguntarle a Justin si podía acercarse a recogerla antes, pero le dijeron que estaba fuera. Shelby suspiró mientras colgaba el auricular, y al ver a su jefe salir de su despacho en ese momento con el maletín en la mano, le preguntó sin pensarlo dos veces:

—¿Le importaría llevarme en su coche a la nave? He llamado a Justin para que viniera a recogerme, pero me han dicho que ha salido.

—Claro, cómo no. ¿Qué ha pasado con tu coche nuevo?, ¿averiado?

—Hum… Es una larga historia —murmuró ella mientras él le sostenía la puerta de su Mercedes para que entrara—. ¿De verdad va a despedir a Tammy? —le preguntó cuando él hubo entrado también—. En el fondo es una buena chica.

—No es cierto, es como una piedra en el zapato —masculló Barry.

—Si le diera otra oportunidad y tratara de ser más paciente estoy segura de que lo sorprendería.

Barry Holman se removió incómodo en el asiento.

—Supongo que para ti es una faena: la verdad es que el volumen de trabajo que tenemos ahora es demasiado para una sola persona.

—Tal vez debería plantearse pedirle que volviera —sugirió Shelby—. Además, seguro que está avergonzada de cómo se ha comportado.

—En fin, supongo que tendré que hacerlo —respondió él exhalando un profundo suspiro—. Después me pasaré por la casa de sus padres y les diré que puede venir mañana de nuevo a la oficina si quiere —concedió como si estuviera haciéndole un favor a la chica.

Cuando llegaron a la nave, a pesar de que ella le dijo que no era necesario, él insistió en salir del coche y abrirle la puerta para que bajase.

Shelby estaba despidiéndolo con la mano y viendo alejarse el vehículo cuando vio una sombra cernirse sobre la suya en el suelo, una sombra alargada. Se dio la vuelta y se encontró con Justin, un Justin con cara de pocos amigos.

—Ah... hola.

—Pensaba que salías a las siete —le dijo él en un tono peligroso.

—Hemos tenido un problema en la oficina y hemos salidos antes —explicó Shelby. ¿Cómo se le habría ocurrido pedirle a Barry Holman que la llevara sabiendo lo celoso que era Justin respecto a él?—. ¿Puedes llevarme a casa o tienes que quedarte aún un rato? Te esperaré si hace falta.

—Calhoun sale ahora, él te dejará en casa.

Y entró en las oficinas de la nave, dejándola allí de pie, bajo un sol de justicia, entre los mugidos del ganado.

Calhoun apareció al rato visiblemente irritado.

—¡Menudo caradura de hermano que tengo!, lleva todo el día sentado tras su mesa de brazos cruzados, y va y me saca de una reunión para llevarte a casa. Te juro que no entiendo nada. ¿Está enfadado contigo?

—¿Y cuándo no lo está? —replicó ella airada—. El señor Holman me ha traído en su coche hasta aquí, y Justin debe haberse imaginado que lo he seducido en la autopista. ¡Es tan... tan... tan insufrible, tan cabezota, tan insensible...!

—Bueno, bueno... —la tranquilizó él mientras caminaban hacia su coche—. ¿Entonces es solo una cuestión de celos? Venga, Shelby, eso no es problema. Eres una mujer, deberías saber perfectamente lo que tienes que hacer.

Shelby imaginó a qué se refería, y se sonrojó profusamente. Habían llegado junto al coche, y Calhoun le abrió la puerta para que se sentara y entró él también. Le hizo gracia verla ruborizarse. En el fondo Justin y ella eran muy parecidos: chapados a la antigua y llenos de prejuicios. Puso el vehículo en marcha y se aclaró la garganta.

—Shelby... —le dijo—, la mejor manera de obtener la atención de un hombre y de quitarle el mal humor, es besarlo, abrazarlo y... bueno, dejar que la naturaleza siga su curso, ya sabes a qué me refiero —dijo guiñándole un ojo.

Shelby volvió a sonrojarse.

—No creo que a Justin le gustase que hiciese eso —murmuró con voz ronca.

—Pues claro que sí —le aseguró él dándole unas palmaditas de ánimo en la mano—. Está tan loco por ti que ve fantasmas por todas partes. Hazme caso, Shelby, si utilizas el método de aproximación adecuado, se volverá dócil como un perrillo faldero.

Habían llegado al rancho. Tras despedirse de Calhoun, Shelby entró en la casa pensativa. Lo cierto era que la idea de seducir a Justin era tentadora, se dijo sonriendo con picardía mientras subía la escalera.

Capítulo ocho

YA había oscurecido cuando Justin regresó a casa, cansado y de muy mal humor. Al pasar por el comedor, donde Shelby estaba cenando sola, le lanzó una mirada dura, y se dirigió a las escaleras sin siquiera decir hola.

Shelby suspiró y se preguntó si las cosas podían empeorar más. Al cabo de un rato, cuando ya había terminado de cenar, reapareció Justin, recién duchado a juzgar por el cabello todavía húmedo, pero aún con una cara de siete metros. Se sentó a la cabecera de la mesa y empezó a servirse el estofado de ternera.

—Puedo decirle a María que te lo caliente un poco —le propuso Shelby.

—Si quiero que María haga algo, se lo diré yo mismo —replicó Justin irritado.

Shelby dejó la servilleta sobre la mesa y se alisó la falda de su vestido rojo y blanco. Se lo había puesto al llegar a casa porque a Justin le había parecido sexy, pero no parecía que aquella estratagema fuera a servirle de nada cuando él ni siquiera levantaba la vista del plato. Se quedó un buen rato observándolo en silencio sin saber cómo abordarle.

—Justin —comenzó finalmente—, si estás enfadado por lo de esta tarde... El señor Holman me dijo que quería cerrar una hora antes, y la nave le pillaba de camino.

Justin alzó por primera vez la mirada hacia ella. Sus ojos relampagueaban.

—Sabes perfectamente lo que pienso de tu maldito jefe.

—Sí, lo sé —asintió ella molesta por su cabezonería—, pero no pensé que te molestará que me llevara a la nave. Se comporta muy correctamente cuando está conmigo. Te lo he dicho un millón de veces.

—Podrías haberme llamado —replicó él—. Habría ido a recogerte.

—Llamé a la nave y me dijeron que habías salido —murmuró apartando el plato del postre a un lado—. Además, no estaba segura de si querrías venir a recogerme después de cómo te marchaste al dejarme en el trabajo por la mañana, sin siquiera decir adiós.

Justin soltó el tenedor.

—Holman estaba esperándote, paseándose impaciente arriba y abajo —le espetó en un tono gélido—. Un poco más y te saca del coche en volandas para llevarte dentro. Te juro que estuve a punto de partirle la cara. No me gusta que te toquen otros hombres.

Aunque lo normal hubiera sido que la

posesividad de Justin molestara a Shelby, esta estaba tan ansiosa por que él diera una señal de que sentía algo por ello, que tras tan vehemente declaración de celos, se quedó mirándolo emocionada. Suspiró aliviada y le sonrió.

—Me alegro.

—¿De qué? —inquirió él frunciendo el ceño.

—De que no quieras que me toquen otros hombres... porque a mí tampoco me gusta que te toquen otras mujeres.

Justin enrojeció ligeramente.

—No estábamos hablando de eso —murmuró incómodo.

Shelby sonrió divertida.

—Calhoun me ha dicho que lo sacaste de una reunión para que me trajera a casa.

—Es que estaba enojado —farfulló Justin frotándose la nuca.

Shelby habría querido probar lo que le había dicho Calhoun de incitar un poco a Justin para quitarle el mal humor, y había pasado un buen rato ideando maneras de llevarlo a cabo, pero lo cierto era que resultaba más fácil pensarlo que hacerlo.

—Me ha llegado por correo una película que había pedido —dijo Justin de repente en un tono despreocupado, como si quisiera hacer las paces. Parecía que después de todo había comprendido que su enfado no tenía fundamento—. Es una película de guerra en blanco y negro de los años cuarenta. Podrías verla conmigo... si quieres —murmuró esperando que su voz no delatara cuánto le gustaría que ella aceptara.

—Me encantaría —sonrió Shelby—, me gustan las películas de guerra antiguas.

—¿De veras? —inquirió Justin emocionado—. ¿Y las de ciencia ficción?

La mirada de Shelby se iluminó al ver que la tensión desaparecía.

—Oh, sí, también.

—Pues tengo toda una colección —se rio Justin.

Minutos después estaban los dos sentados frente al televisor en el salón. A medida que avanzaba la película, Shelby se encontró cada vez sentada más cerca de él. Quería poner su mano sobre la de él, pero se detuvo insegura. Justin giró la cabeza con una media sonrisa.

—Shelby, no tienes que pedirme permiso para tocarme —le dijo suavemente.

Ella sonrió con timidez, pero entrelazó finalmente sus dedos con los de él, y volvieron a centrar su atención en la pantalla. Sin embargo, Shelby no se estaba enterando de nada de lo que ocurría en la película, porque Justin había empezado a hacerle pequeñas caricias en el dorso de la mano con el pulgar y se notaba temblorosa. Entreabrió los labios excitada al recordar la última vez que habían estado juntos en el sofá... y lo que habían hecho. Recordaba vívidamente la agradable frescura del cuero bajo su espalda, y el peso del cuerpo de Justin encima de ella. Sus mejillas se encendieron al instante.

—¿Te gustan las películas de misterio? —murmuró con la boca seca por decir algo.

—Claro —respondió Justin—, tengo unas cuantas de Hitchcock, y también tengo , con Cary Grant.

—¡Oh, me encanta esa! —exclamó Shelby—. Me reí muchísimo cuando la vi por primera vez.

Justin se quedó un momento observándola, admirando lo preciosa que estaba con aquel vestido blanco y rojo.

—Siempre hemos tenido muchos gustos en común —murmuró—. ¿Sigues tocando la guitarra?

—La verdad es que hace mucho que no —contestó ella—. Podríamos volver a tocar juntos algún día —propuso con voz queda.

—Estaría bien —asintió Justin sonriendo.

Shelby sonrió también. Se quedaron mirándose a los ojos largo rato, y pronto a ambos les pareció que las voces y disparos del televisor les llegaban de muy lejos. Shelby se acurrucó junto a él y apoyó la cabeza en el hueco de su cuello.

—Hueles a gardenia —murmuró Justin—. Es un olor que siempre me ha recordado a ti.

—Es el perfume que uso.

Justin le soltó la mano para alzar a Shelby y colocarla en su regazo, con la cabeza apoyada en su pecho.

—Si quieres podemos ver otra cosa —le susurró, sabiendo que ninguno de los dos estaba prestando atención a la película.

—No, esto está bien —le aseguró ella.

Justin le acariciaba el cabello a la vez que sostenía la pequeña mano de ella contra su tórax, haciendo como que le interesaba mucho la película. Sin embargo, ella no estaba dispuesta a dejarse engañar, y decidió incitarlo un poco, como le había dicho Calhoun. Comenzó a trazar arabescos en la camisa de Justin, y pronto este sintió que el deseo se apoderaba de él. Bajó los ojos buscando los de ella, y al ver reflejado en ellos la misma ansia que él sentía, abandonó todo fingimiento. Sin prisas, desabrochó uno a uno los botones de su camisa, y tomó la mano de Shelby colocándola de nuevo sobre su torso desnudo para que lo acariciara. Mientras ella lo complacía, Justin, imprimió suaves besos en la frente de ella, en los párpados, la nariz, las mejillas, la barbilla y la garganta.

Shelby notó que su respiración se volvía

más y más entrecortada cuando él la atrajo hacia sí y tomó sus labios. El contacto produjo el mismo efecto que una explosión dentro de ella, y gimió encantada al sentir que Justin hacía el beso más íntimo, a la vez que deslizaba los dedos entre sus cabellos.

Los latidos de su corazón se habían descontrolado hacía rato, y sin comprender qué la movió a hacer aquello, le clavó las uñas en el pecho a Justin.

—Perdón —musitó al oírlo gemir.

Pero Justin sacudió la cabeza y volvió a besarla mordiéndole ligeramente el labio inferior.

—Me ha gustado —le susurró—. Bésame sin miedo, Shelby —la instó.

Y ella, olvidándose de todas sus inhibiciones, puso las manos a ambos lados de la cabeza de Justin y le dio un beso largo y húmedo.

Entre los suspiros de ambos, y los ruidos de batalla de fondo, que ninguno de ellos oían ya, Justin comenzó a bajar la cremallera del vestido de ella, para desabrochar a continuación el cierre del sostén y quitárselo.

Shelby gimió extasiada al sentir la piel desnuda del tórax de Justin contra sus senos. Era delicioso estar de nuevo piel contra piel, como aquella otra noche, solo que en ese momento, sus miedos habían disminuido porque sabía que lo que Justin le hiciera no iba a dolerle, y porque sabía que iba a ser cuidadoso y paciente.

Notó cómo sus fuertes manos deslizaban el vestido más allá de sus caderas, acariciándole los muslos temblorosos.

—Tranquila —le susurró Justin sonriendo—, no voy a apresurarme, y en cualquier momento podemos parar si tú quieres —le aseguró.

Shelby volvió a relajarse poco a poco, dejando que sus manos recorrieran a placer la espalda de Justin. Era glorioso poder tocarlo así, con tanta libertad, aprender cada secreto de su cuerpo.

—¡Oh, Justin! —murmuró con voz ronca— ¡Esto es tan dulce...!

Él agachó la cabeza para devorar otra vez sus labios hinchados, y deslizó las manos por sus costados, quitándole la última prenda. Le encantaba cómo se erizaba la piel bajo sus manos, y su tacto era suave como el satén.

La deseaba de tal modo que no estaba seguro de poder parar, pero a juzgar por el modo vehemente en que respondía a sus besos y caricias, ella no parecía demasiado preocupada en esa ocasión. Se quitó el resto de la ropa mientras seguía besándola. Shelby se estremeció al sentirlo completamente desnudo, pero él lo notó y fue un poco más despacio, excitándola otra vez con exquisita paciencia hasta que vio que la pasión sacudía su esbelto cuerpo.

—Ahora... —le susurró Justin al ver que gemía desesperada por que le diera lo que ansiaba. Justin se posicionó, y la tomó por la barbilla para alzarle el rostro—. No apartes la cara, Shelby, necesito verte para asegurarme de que todo va bien.

Ella se sonrojó, pero no dejó de mirarlo, ni siquiera cuando empezó a tomar posesión de ella.

Justin entreabrió los labios extasiado. Aquella era la experiencia más intensa que había tenido en su vida. Después de tantos años, de tanto soñarla... iba a ocurrir. Era suya, ya no había más barreras, y sintió que lo aceptaba plenamente dentro de sí.

Shelby se puso un poco tensa ante aquella invasión que era nueva para ella, ante lo íntimo que resultaba, y Justin se detuvo.

—Está bien —le susurró tiernamente, besándola para que se fuera haciendo a ello poco a poco—. Eso es, así... —se rio ante la facilidad con que se iba hundiendo en ella, y ante la exquisita sensación de ser uno solo—. ¡Oh, Shelby!

Ella estaba roja como la grana, pero no apartó la cara. La expresión de Justin era victoriosa, y los ojos le brillaban como nunca antes lo habían hecho.

—Sigue, Justin —murmuró Shelby contra sus labios. Gimió maravillada al sentirlo moverse dentro de ella—. No pares...

Las palabras de Shelby acabaron con el control de Justin. No podía creer lo que estaba sintiendo, era como cabalgar sobre una enorme ola.

Shelby también estaba sorprendida de sí misma, porque sentía que debería estar al menos un poco asustada, pero los movimientos de Justin estaban creando una tensión deliciosa que iba in crescendo, haciéndola olvidarse de todo lo demás. El éxtasis parecía estar al alcance de su mano, y Shelby sintió que llegaba a él cuando Justin la tomó por las caderas y tiró de ellas hacia sí.

Shelby notó como si los cimientos del mundo se tambalearan debajo de ellos, y gritó su nombre una vez y otra y otra...

Justin se rio y le sembró un reguero de besos en las sienes, en las mejillas, en los labios... besos tiernos y reconfortantes.

Shelby abrió los ojos, registrando los últimos acordes de un placer como nunca había soñado que pudiera existir. Alzó la mirada hacia Justin, maravillándose de lo transformado que estaba: parecía años más joven, tenía el cabello húmedo, el rostro empapado en sudor, los ojos brillantes...

—¿Justin? —murmuró desorientada.

—¿Estás bien, mi vida? —le preguntó él—. ¿Te he hecho daño?

—No —lo tranquilizó ella sonrojándose y bajando la vista hacia la vena palpitante de su garganta.

—Mírame, cobardica —se rio Justin.

Shelby se obligó a alzar la cabeza, y Justin aprovechó el momento para besarla otra vez.

—Yo nunca... nunca imaginé que esto pudiera ser tan... —balbució ella hundiendo el rostro en el hombro de él.

Justin la abrazó como si no quisiera dejarla ir jamás.

—Han sido tantas noches de soledad, Shelby... Tantos sueños... pero ni aun los sueños eran tan dulces.

Shelby lo besó, y cuando despegaron sus labios, había una pregunta en los ojos de Justin. Ella no respondió, sino que se arqueó hacia él y Justin volvió a inclinarse sobre ella, haciéndola olvidarse de nuevo del resto del mundo.

Bastante más tarde, la llevó arriba en sus brazos, sosteniéndola con cuidado, como si fuera el más preciado tesoro. La depositó sobre el colchón y se tumbó a su lado, apagando las luces. Se acurrucaron juntos suspirando de pura felicidad, y al poco rato se quedaron dormidos.

Shelby sintió que unos labios rozaban levemente los suyos.

—Umm… Justin —murmuró abriendo los ojos.

Él estaba sentado en la cama junto a ella, ya vestido, y sonreía.

—Tengo que irme a trabajar —le susurró.

—No… —gimió Shelby echándole los brazos al cuello—. No te vayas…

Justin apartó las sábanas, y la atrajo hacia sí acariciándole los senos con ternura mientras la besaba.

—Anoche hicimos el amor —le susurró.

—Varias veces —le respondió ella sonrojándose profusamente.

Justin le mordisqueó el labio inferior.

—No usé nada —dijo Justin mirándola a los ojos.

—Yo tampoco —murmuró ella.

—¿Te importaría si te hubieras quedado embarazada?

—No —respondió ella sacudiendo la cabeza con vehemencia—. Quiero tener un hijo contigo.

Justin se inclinó para besarla de nuevo.

—¿Has dormido bien?

—Creo que todavía estoy dormida —murmuró ella contra sus labios—. Tengo miedo de haberlo soñado y no quiero despertar.

—No fue un sueño —le confirmó Justin—.

¿Te hice mucho daño?

—Oh, no... —se apresuró a responder ella—, no, en absoluto.

Justin la miró con adoración.

—A partir de hoy dormirás en mi dormitorio... en «nuestro» dormitorio. No más muros, ni más mirar atrás. Nuestra vida vuelve a empezar aquí, ahora, juntos.

—Sí —asintió ella con el corazón en la mirada—. No te vayas a trabajar, Justin...

—Me temo que tengo que hacerlo —repuso él—. Y tú también tienes que ir —añadió frunciendo el ceño ante la idea—, pero no más paseos en coche con el jefe, ¿entendido?

—Te llamaré para que vengas a recogerme, te lo prometo —dijo ella besándolo en la mejilla—. Pero no puedo creer que estés celoso después de esta noche.

—No te engañes —murmuró Justin pasando la palma de la mano por uno de sus senos—. Ahora que hemos hecho el amor, seré diez veces más posesivo. Eres solo mía.

—Siempre lo he sido, Justin —le aseguró ella quedamente. Lo miró preocupada. ¿Ni siquiera entonces tras una noche de pasión y entrega había recobrado su confianza? ¿Qué más pruebas necesitaba de su amor?

Justin recorrió su esbelto cuerpo con la mirada, devorándolo.

—Eres exquisita —susurró—, toda tú. Nunca en mi vida había sentido nada tan profundo como lo que he sentido esta noche. Me sentía... completo.

El corazón de Shelby dio un brinco, porque así era exactamente como ella se había sentido, pero mientras que ella lo amaba, él únicamente sentía deseo, pensó apesadumbrada.

—Yo he sentido lo mismo —le confesó.

—Sí, pero tú eras virgen, cariño —murmuró él divertido—, y yo no.

—Eso era bastante obvio —dijo ella un poco irritada, recordando su maestría y preguntándose con cuántas mujeres habría hecho lo mismo.

Justin, en vez de molestarse, se sintió orgulloso de que ella estuviera celosa.

—De eso hace ya mucho tiempo, y en los últimos seis años no he besado siquiera a otra mujer. No tienes motivos para estar celosa.

—Lo siento —murmuró Shelby abrazándolo y apoyando la cabeza contra su tórax.

—No tienes por qué disculparte —repuso él besándola en la frente con ternura—. Tengo que ir al trabajo. Preferiría no tener que hacerlo, pero Calhoun está fuera y alguien tiene que ocuparse de todo.

—¿Me dejarás en la oficina? —inquirió Shelby.

—Claro. ¿Qué te apetece para desayunar?

Ella alzó la vista hacia él con la respuesta escrita en sus ojos brillantes. Justin se rio y se bajó de la cama, observando como ella se estiraba sobre el colchón mimosa, tratando de conseguir que volviera a la cama.

—Oh, no, ahora no, Shelby... —murmuró Justin—. Vamos, vístete antes de que mi estoico control se desvanezca.

—Aguafiestas —le espetó ella con un mohín.

—No quiero pasarme —le dijo él poniéndose serio de repente—. Hasta anoche eras virgen, y no quiero hacerte daño.

Los ojos de Shelby lo miraron enternecidos mientras meneaba la cabeza.

—¡Y pensar que te tenía miedo!

—Era comprensible —respondió él—, pero ya no tienes por qué temerme... nunca más —Justin se estiró con un gran bostezo—. Bueno, entonces, ¿qué te apetece para desayunar?

Era increíble como una noche podía haber cambiado tanto las cosas. Finalmente parecía que iban camino de lograr tener una relación sólida y duradera, y los días que siguieron lo pusieron de relieve. Shelby no podía dejar de pensar en Justin cuando estaba en la oficina, y cuando llegaban a casa no había más discusiones, ni más barreras. Justin la besaba a cada momento, y cada anoche hacían el amor y dormían el uno en brazos del otro. Era como haber subido al cielo, se decía Shelby, como estar soñando despierta. Pasaban juntos todo su tiempo libre: montando a caballo, tocando la guitarra, viendo películas de video... Era un nuevo comienzo, y a Shelby le parecía que lo que tenían era casi perfecto.

Sin embargo, aunque había habido entre ellos acercamiento físico, y aunque pasaban más tiempo juntos, Shelby podía notar que todavía había una distancia emocional. Justin no parecía corresponder al amor que ella sentía por él. Hasta la fecha no le había dicho que la quería, ni siquiera cuando estaban a solas. Tampoco hablaba del pasado ni del futuro. Era como si quisiera vivir únicamente el presente, sin preocuparse por el mañana.

En el bufete, Barry Holman había conseguido que Tammy volviera, y las cosas iban mejor entre ellos: no hacían más que lanzarse miraditas, y Shelby sospechaba que el día menos pensado estallaría el amor.

Había otra novedad. Shelby aún no le había dicho nada a Justin, pero estaba casi segura de que estaba embarazada. La posibilidad de que fuera así la había puesto contentísima. Tener un hijo con Justin la haría completamente feliz. Él le había dicho que también quería tener una familia, así que tal vez cuando naciera el bebé, empezara a quererla a ella también.

Aquella tarde, estaba echada en el sofá cuando entró Justin con un aire preocupado.

—¿Ocurre algo? —le preguntó Shelby incorporándose.

—Tengo que ir a Wyoming. Me han pedido que actúe como testigo en el juicio de Quinn Sutton, un amigo al que han demandado —le explicó él con un suspiro—. No me apetece nada ir, pero es un buen tipo y sé que haría lo mismo por mí. Es un feo asunto.

Se sentó junto a ella, atrayéndola hacia sí, y le explicó que lo habían acusado de vender carne de vaca en mal estado a una envasadora.

—¿Y estás seguro de que no lo hizo? —inquirió ella.

Justin asintió y la besó en la frente.

—Te llevaría conmigo —le dijo—, pero Sutton no se lleva demasiado bien con las mujeres. Su mujer los abandonó a él y a su hijo y se fue con otro hombre. No sé qué será del chico si meten a su padre en la cárcel —dijo meneando la cabeza.

—Espero que se solucione todo —murmuró ella—. Te echaré de menos.

Justin la abrazó.

—No más de lo que yo te echaré de menos a ti, cariño. Pero te llamaré cada noche, y tal vez el juicio acabe antes de lo previsto — y volvió a besarla—. Ni se te ocurra correr con el coche mientras estoy fuera —le advirtió levantando el índice.

Shelby se rio. Difícilmente podría correr con el pequeño utilitario que Justin le había comprado.

—No lo haré —le aseguró.

Sin embargo, la mirada seria no se borró del rostro de Justin.

—Justin, ¿hay algo más que te preocupe?

—No, yo... Shelby, ¿no estás cansándote de estar casada conmigo, verdad?

Shelby lo miró boquiabierta.

—¿Qué?

—Yo no puedo darte todo lo que tenías con tu padre y...

Shelby lo tomó por las mejillas para que la mirara.

—Justin, tú eres todo lo que quiero.

Y lo besó apasionadamente para demostrárselo con hechos.

—¿Cuándo tienes que marcharte? —le preguntó al despegar sus labios de los de él.

—Mañana.

—¿Tan pronto?

Justin la atrajo hacia sí.

—Pero tenemos toda la noche por delante... —susurró antes de besarla de nuevo—. ¡Dios, te deseo tanto, Shelby, no puedo dejar de pensar en ti...!

Shelby quería decirle que lo amaba, y revelarle la feliz noticia que ya se había confirmado, pero no pudo, ya que, él continuó besándola casi sin pausa y la alzó en volandas para llevarla arriba. Y, como siempre, la chispa del deseo apartó de su mente todo pensamiento.

A la mañana siguiente, cuando se despertó, Justin se había marchado ya, y ella solo recordaba vagamente un suave beso cuando estaba adormilada y como le había susurrado un «adiós».

Capítulo nueve

DURANTE los días que Justin estuvo fuera, el señor Holman tuvo dos pleitos por divorcio, otro por una disputa sobre unos terrenos, otro por un accidente de tráfico, y también tuvo que defender a un hombre acusado de asesinato, por lo que Tammy y Shelby estuvieron más atareadas que nunca.

—Siento que tengas que hacer tantas horas extra esta semana —le dijo esa mañana Barry Holman a Shelby—, pero andamos tan escasos de tiempo y hay tanto que preparar...

—No se preocupe —lo tranquilizó ella—, Justin está fuera de la ciudad, así que no pasa nada porque me quede unas horas más.

—Bueno, lo que él pierde yo lo gano —murmuró el abogado sonriendo—. Gracias, Shelby, no sé qué haría sin ti. Me voy corriendo al juzgado. Si alguien preguntara por mí después estaré en el Carson's Café almorzando, y volveré sobre la una.

—De acuerdo.

Al ir a salir, el señor Holman se chocó con Tammy y casi la hizo caer, pero la sostuvo a tiempo por la cintura mientras que ella apoyó las manos en su pecho para no perder el equilibrio. Se quedaron como paralizados un momento, mirándose embelesados el uno al otro. «¡Qué tierna escena!», pensó Shelby divertida.

—¿Estás bien, Tammy? —le preguntó él.

—Sí —balbució ella aturdida, sonrojándose y quedándose con los labios entreabiertos.

Finalmente Barry Holman la soltó.

—Bueno, ten más cuidado, no quiero quedarme sin secretaria —le dijo suavemente con una sonrisa.

—Sí, señor —murmuró Tammy dócilmente.

Los ojos del señor Holman descendieron brevemente a los gruesos labios de ella antes de darse media vuelta y salir.

Shelby tuvo que reprimir una sonrisa: de llevarse como el perro y el gato habían pasado a mostrarse tímidos el uno con el otro, y Tammy parecía iluminarse como un árbol de navidad cada vez que él aparecía.

—Yo.. um… voy a pasar unas notas —balbució Tammy.

Shelby sonrió.

—Pues yo iba a salir. ¿Quieres que te traiga algo de comer?

—Oh, sí, gracias. Una ensalada con atún y unas galletas saladas estaría bien. Gracias, Shel, mañana iré yo.

—Trato hecho. Bueno, volveré enseguida.

Tras pagar sus compras en el supermercado de la esquina, Shelby vio a Abby mirando unas tarjetas de felicitación junto a las cajas registradoras.

—¡Eh, hola!

—¡Oh, hola, Shelby! —la saludó sonriente su cuñada—. Estaba buscando una tarjeta para el cumpleaños de Calhoun... Es ya la semana que viene.

—Oh, sí, no lo he olvidado. Sé que tenía que haberte llamado para hablar de los preparativos, pero he estado muy ocupada y... —murmuró sin poder evitar sonrojarse. La verdad era que la tarde que había querido llamarla, Justin se había puesto juguetón y no la había dejado.

—Las cosas os van bien, ¿eh? —adivinó Abby con una sonrisa pícara al verla tan colorada—. Calhoun dice que Justin se pasa todo el día en su despacho mirando una foto tuya y soñando despierto.

—¿En serio? —contestó Shelby riéndose encantada.

—Humm... la vida de recién casados es maravillosa —dijo Abby—. Me alegra que os vaya bien. De algún modo sabía que sería así. Estáis hechos el uno para el otro. Incluso Tyler lo dije aquel día en el baile, que erais como las dos mitades de un todo.

—Calhoun no sabe nada de la fiesta, ¿verdad? —le preguntó Shelby cambiando de tema.

—Oh, no, no me lo sacaría ni a punta de pistola. Por cierto, Justin me llamó anoche para decirme que había invitado a una persona que no está en la lista que hice. ¿No te ha comentado nada de eso a ti?

—Pues no —contestó Shelby frunciendo el entrecejo—. ¿De quién se tratará? Espero que no sea una de sus antiguas novias —murmuró celosa.

—No lo creo —la tranquilizó Abby—. Tendremos que esperar para averiguarlo —suspiró.

—Bueno, tengo que dejarte ya, he dejado sola a Tammy. Espero que le encuentres una buena tarjeta —le dijo Shelby sonriendo.

—Hasta luego.

Aquella noche, cuando Justin la llamó desde Wyoming, Shelby pensó en preguntarle sobre ese invitado o invitada sorpresa, pero cuando él le dijo que no volvería hasta el lunes, se le fue por completo de la cabeza.

—¡Oh, Justin...! —gimió ella—. En fin, yo también estoy bastante fastidiada... El señor Holman estará con pleitos toda la semana próxima, lo que significa que tendré que hacer un montón de horas extras —suspiró.

—Si me hicieras caso y dejarás ese trabajo... —murmuró Justin. Shelby casi podía imaginarlo meneando la cabeza—. Bueno, tengo que dejarte, cariño, mañana he de levantarme temprano. Nos vemos el lunes por la noche, ¿de acuerdo?

—De acuerdo. Oye, si llegas a casa y no estoy, podrías venir a recogerme a la oficina.

—Muy bien. Buenas noches.

—Buenas noches, Justin —musitó ella besando el auricular antes de colgar.

El fin de semana pasó lentamente, pero el lunes Shelby estaba tan atareada, que casi no tuvo tiempo ni de echar de menos a su marido. El teléfono no paraba de sonar, y Tammy tuvo que ir corriendo dos veces a llevar unos papeles al señor Holman al juzgado.

Hacia el final de la jornada, Shelby estaba ya desesperada, preguntándose cuánto faltaría para poder irse a casa. El señor Holman entró en ese momento con unas cartas que quería que le pasara a máquina: páginas y páginas...

Entretanto, Tammy entraba y salía haciéndole recados a su impaciente jefe, y Shelby se olía que iba a haber problemas cuando vio que en un momento dado Tammy se mordió el labio inferior furiosa y lanzó una mirada furibunda hacia el despacho del señor Holman.

Entonces, hacia las nueve, este fue a la mesa de la joven y le hizo un comentario sarcástico acerca de algo que había escrito incorrectamente. Tammy explotó.

—¡Es que usted quiere que haga milagros! —le espetó muy ofendida—. ¡Llevamos varios días haciendo horas extra, y todavía no hemos cenado! ¡Y casi he tenido que ponerme de rodillas para conseguir parte de la información que me había pedido, y encima me grita! ¡Lo odio!

—¡Eres una blandengue! —replicó él—. ¿Qué te crees?, ¿que lo que haces es un trabajo muy duro?, yo te daría unos días del mío para que lo probaras...

Y con una sonrisa de autosuficiencia, se giró sobre los talones y volvió a su despacho.

—¿Qué se ha creído? —exclamó Tammy. Lo siguió, y cerró la puerta del despacho con violencia.

Shelby oyó más gritos, y algo que caía al suelo, pero de pronto se hizo un silencio muy sospechoso. Shelby sonrió. Bueno, parecía que al fin el amor los había atrapado.

Sin embargo, al hombre que había fuera, en la calle, sentado en un Thunderbird negro, las dos siluetas amalgamadas en un ardiente beso que vio a través de las cortinillas del despacho del abogado no le parecieron las de Barry Holman y Tammy Lester, sino las de Barry Holman y Shelby.

Por un momento fue como si se le parara el corazón. Había llegado al aeropuerto y se había dirigido directamente a la ciudad, ansioso por ver a su esposa y se encontraba con... aquello.

Le pareció que el dolor que lo atenazaba no remitiría nunca. Lo estaba matando verla en los brazos de aquel hombre... No, no podía ser cierto... ¿Cómo podía haberle hecho aquello? ¡Él había confiado en ella y había vuelto a apuñalarlo por la espalda!

Volvió a poner en marcha el coche y pisó el acelerador para alejarse de allí. ¿Cómo podía haberle hecho aquello? Había sido un idiota. Ella lo había traicionado en el pasado, pero él lo había olvidado todo por sus caricias, sus besos y las noches de pasión. ¿Cómo podía haber olvidado lo que le había hecho? Tal vez no se hubiera acostado con Tom Wheelor, pero aun así lo había traicionado, había roto su compromiso.

Llegó a casa sin siquiera saber cómo, con el corazón roto de dolor. ¿Cómo podía haberle hecho aquello?

Mientras Justin se dirigía a casa, Shelby había recogido ya sus cosas para marcharse, dejando a los tortolitos a solas, y había llamado a casa para preguntarle a María si este había llegado, pero la mujer le había dicho que no, así que dejó una nota en la puerta de la oficina por si él pasaba por allí, tomó su coche y se fue.

¡Cuál sería su sorpresa al llegar y encontrarse con el Thunderbird allí aparcado! Corrió dentro ilusionada por abrazarlo. Justin estaba en su estudio.

—¡Hola! —lo saludó alegremente.

Los ojos negros del hombre que se volvió a mirarla no se parecían en nada a los del tierno amante que había salido para Wyoming el miércoles. Estaba fumando un cigarrillo, y por la mirada que le había dirigido, podría haber sido un extraño.

—Llegas tarde —le dijo.

—Yo… estamos muy atareados —balbució Shelby—. Bueno, te dije que tendría que hacer horas extra.

—Es cierto —asintió él dando una larga calada al cigarrillo—. Pareces preocupada. ¿Ocurre algo?

—Pensé que te alegrarías de verme —murmuró ella con una sonrisa insegura.

Justin le sonrió también, pero no de un modo cordial. Estaba muriéndose por dentro, pero no iba a dejar que se diera cuenta del daño que le había hecho.

—¿Eso creías? —le espetó—. ¿Acaso crees

que se me ha olvidado lo que me hiciste hace seis años? Siento decepcionarte si creías que había vuelto a caer bajo tu hechizo. Lo que te he dado estas últimas semanas no ha sido más que una pequeña revancha por la angustia que me provocaste en el pasado. ¿No esperarías que lo olvidara todo y construyera un futuro a tu lado como si nada? —se rio cruelmente—. Lo siento, cariño, con una vez me bastó. Pero tampoco creas que seré incapaz de vivir sin ti. Eres como el vino: no necesito emborracharme, me conformo con una copa de vez en cuando.

Shelby no podía dar crédito a lo que estaba oyendo. Se había puesto lívida. Estaba embarazada de él, y Justin estaba diciéndola que no la quería a su lado.

—Yo creí... que habías comprendido que no me había acostado con Tom.

—Y es verdad —admitió él—, pero rompiste nuestro compromiso de todos modos, y me dijiste que no era lo suficientemente rico como para hacerte feliz —un brillo frío cruzó sus ojos—. Ahora ha llegado la hora de mi venganza. Ahora yo soy el hombre rico, y no te necesito. ¿Qué tal te sienta eso?

Shelby salió corriendo del estudio, llorosa, y fue a refugiarse en la habitación de invitados. Era como una horrible pesadilla. Quería despertar.

Pasaron varios minutos, durante los cuales ella esperó que Justin no hubiera dicho en serio lo que le había dicho. Se quedó escuchando, en silencio, aguardando que en cualquier momento entrara y le pidiera disculpas, pero no fue así.

Mucho más tarde escuchó los pasos de Justin subiendo las escaleras, pero se dirigieron hacia su dormitorio, y oyó la puerta cerrarse con un golpe seco.

Por más vueltas que le daba Shelby no lograba imaginar qué había hecho mal. Cuando Justin se marchó a Wyoming todo iba como la seda entre ellos. Pero esa noche la había mirado con desprecio, como si no le importara nada, y lo que le había dicho le había hecho añicos el corazón.

Entre lágrimas, con los ojos rojos e hinchados, se quedó finalmente dormida, preguntándose qué iba a hacer. Tendría que afrontar que definitivamente había perdido todo lo que amaba, incluido Justin.

Al final del pasillo, el hombre que había regresado de Wyoming no podía pegar ojo. Echaba de menos la respiración acompasada de Shelby al dormir, y la calidez de su cuerpo en la oscuridad. Se sentía culpable por cómo le había hablado, y por haberla hecho llorar, pero él también estaba dolido. Había llegado a creer que Shelby lo amaba, cuando en realidad ella solo se había casado con él para tener un hogar y una cierta seguridad. Había vuelto a jugar con él, con un amante en la sombra, y el hecho de que fuera su atractivo jefe le sentaba aún peor. Ahora sabía por qué ella se había negado una y otra vez a dejar su trabajo, y por qué había defendido a Holman... Apenas podía soportar el dolor que sentía en el pecho, no sabía cómo iba a hacer para seguir viviendo con ella después de lo que había visto.

Por un instante consideró la posibilidad de ir a verla y pedirle explicaciones, pero, ¿de qué serviría? La había interrogado acerca de lo ocurrido en el pasado y le había mentido. ¡Qué desgraciada coincidencia que hubiera llegado antes de lo previsto a la ciudad y hubiera ido directamente a recogerla! Pero ya no podría volver a engañarlo. La había visto tal y como era.

Con un suspiro de frustración, cerró los ojos y se obligó a sacarla de su mente, y no fue casi hasta las cuatro de la madrugada que se quedó dormido.

A la mañana siguiente, cuando bajó las escaleras, lo hizo con una expresión bien estudiada, para que Shelby no pudiera entrever las emociones que lo sacudían. Shelby estaba ya levantada, y la encontró tomando café y mordisqueando sin ganas una tostada. Alzó la vista hacia él cuando lo oyó llegar, y él vio que tenía los ojos rojos e hinchados, y leyó la incertidumbre en su rostro.

—Justin... Lo que dijiste anoche... no lo dijiste en serio, ¿verdad? —inquirió escrutándolo con sus ojos verdes.

Él pasó a su lado y se sentó a la cabecera de la mesa. Se sirvió un café antes de contestar.

—Lo decía muy en serio, cada palabra que dije —se sirvió bacon y huevos revueltos—. Sigue comiendo.

Shelby se estremeció y lo miró espantada.

Justin le devolvió la mirada con los ojos entornados. Parecía cansada y estaba muy pálida.

—No tengo hambre —murmuró.

—Tú misma —dijo él como si no le importara.

En realidad él tampoco tenía el menor apetito, pero se forzó a comer para que ella no supiera que estaba destrozado. Sin embargo, al cabo de un rato, la mirada fija y horrorizada de Shelby empezó a hacerlo sentir incómodo.

—¿Qué clase de relación esperas que tengamos a partir de ahora? —le preguntó ella en un hilo de voz, con la poca dignidad que le quedaba.

Justin apartó su plato y tomó un sorbo de café.

—Seguirás viviendo en mi casa y te mantendré, pero dormiremos en habitaciones separadas y llevaremos vidas separadas.

Shelby cerró los ojos llena de angustia. «¿Y qué va a ser del bebé que llevo dentro de mí?», quería preguntar, «¿qué hay de nuestro hijo?»

—Imagino que ya no te importará dormir sola... ahora que ya has satisfecho tu curiosidad —le espetó Justin.

—No, no me importa —murmuró Shelby con voz ronca. Se levantó muy despacio—. Voy a llegar tarde si no me marcho ya.

—Sí, Dios no permita que llegues tarde al... trabajo —dijo Justin con puro veneno en la voz.

Sin embargo, Shelby se sentía demasiado mal como para captar la indirecta, y salió por la puerta sin mirar atrás.

En el trabajo tuvo que ir al cuarto de baño en cuanto llegó por las fuertes náuseas, y vomitó lo poco que había desayunado. Se lavó la cara y se sentó frente a su mesa, tratando de tranquilizarse. Tenía que hacerlo por el bien del bebé, era lo único que le quedaba. Le sería muy difícil volver a acostumbrarse al Justin frío y rencoroso. Era como haber visto un pedazo de cielo azul a través de las nubes y tener que hacerse otra vez a los días nublados. No estaba segura de poder soportar el seguir viviendo con él, pero, ¿dónde podría ir?

—¿No te has olvidado del cumpleaños de Calhoun, verdad? —le preguntó Shelby a Justin durante la cena el día anterior a la fiesta.

Justin alzó la vista hacia ella, y no pudo evitar advertir que tenía muy mal aspecto. Sabía que era por la frialdad con que la estaba volviendo a tratar, pero no podía sacarse de encima el resentimiento por su traición.

—No, no lo he olvidado —le contestó—. No tienes buena cara.

—Ha sido una semana muy larga —mintió ella—. No tienes por qué preocuparte —le aseguró con una risa apagada—. Estoy bien. Tengo un techo bajo el que cobijarme, y comida en la mesa, y un trabajo. ¿Qué más puedo pedir? He conseguido todo lo que me prometiste cuando nos casamos. No tengo ninguna queja.

Soltó el tenedor, incapaz de permanecer más en la misma habitación que él, y se levantó, pero lo hizo demasiado rápido y le entraron mareos, haciéndola tambalearse ligeramente. Se agarró al respaldo de la silla, rogando a Dios para que Justin no lo hubiese notado, pero él estaba ya a su lado.

—¿Seguro que estás bien? —le preguntó. Se detestaba. ¿Cómo podía estar tratándola de aquel modo? Era increíble que tuviera que sentirse culpable cuando era ella quien lo había herido a él, pero no podía soportar verla así.

—Estoy perfectamente, ya te lo he dicho —murmuró Shelby. Y salió del comedor con la cabeza lo más alta que pudo.

La noche de la fiesta, Shelby se había echado a descansar un poco para que nadie notara demasiado su estado. Cuando se levantó, se puso un vestido que tenía de color esmeralda, se recogió el cabello y se maquilló lo mejor que pudo para disimular el cansancio de su rostro. Se preguntaba qué pensaría Calhoun cuando la viera aquella noche. Seguramente Abby le habría dicho lo feliz que la había encontrado aquel día en el supermercado, y le chocaría mucho verla en ese estado, y notaría también sin duda la tensión y frialdad de Justin. Esperaba que no le dijera nada, no quería otra confrontación.

Se llevó una mano al vientre, preguntándose cuánto tiempo más debería esperar antes de ir a ver a un médico. No podría ser el doctor Sims, porque la comunidad de Jacobsville era pequeña, y ella no quería que Justin se enterase. Tal vez si fuera a Houston...

Escuchó música abajo. La orquesta que habían contratado ya había empezado a tocar. Se puso unas gotas de perfume y bajó las escaleras con cuidado, agarrándose a la barandilla. Se sentía temblorosa, no solo por el embarazo, sino también por toda la tensión de la semana, causada por la frialdad de Justin.

En cuanto llegó al rellano inferior vio a Calhoun y Abby entre la gente. Estaban agarrados del brazo, y parecían tan felices que le entraron ganas de llorar.

Shelby no vio a Justin hasta un momento después. Allí estaba, tan elegante... Shelby se preguntó si pretendía actuar delante de los invitados para que nadie se diese cuenta de que tenían problemas. No quería mirarlo a los ojos, no quería que se diese cuenta de la desesperación que reflejaban los suyos.

Se dio la vuelta y fue junto a María y López, que estaban al lado de la puerta, dando la bienvenida a las personas que iban llegando. Y entonces vio a alguien a quien no querría haber vuelto a ver en su vida. Shelby se quedó paralizada y sus ojos relampaguearon.

No podía creerlo, no podía creer la desfachatez que había tenido Justin para invitar a esa sanguijuela. Era el cumpleaños de Calhoun, y sabía que estaría muy mal montar una escena, pero no pudo evitar que la sangre le hirviera mientras avanzaba hacia él, e ignorando a todos, agarró un jarrón y siguió caminando hacia él.

—Hola, Tom —lo saludó en un tono gélido—. Cuánto me alegro de verte.

Y sin pensarlo, levantó el jarrón con las dos manos, y lo lanzó a la cabeza de Tom Wheelor.

Capítulo diez

SHELBY observó, fascinada, como el jarrón pasaba a pocos centímetros de la oreja izquierda de Tom y se hacía añicos al caer estruendosamente contra el suelo.

—¿Shelby? —fue todo lo que acertó a decir el hombre antes de dar un paso atrás.

Shelby agarró una pequeña estatuilla de bronce de una librería.

—¡Shelby, no!, ¡espera!—exclamó Tom Wheelor poniéndose las manos sobre la cabeza y corriendo hacia la puerta.

Shelby lo siguió fuera a la carrera, con la estatuilla en la mano, ignorando las miradas de asombro de los invitados y de su marido.

—¡Insecto! —le gritó—. ¡Sanguijuela!

Le arrojó la estatuilla, fallando por poco, y Tom casi perdió el equilibrio en las escaleras de la entrada. Sin pararse siquiera a mirar atrás, corrió como alma que lleva el diablo hacia su todoterreno y se perdió en la noche.

Shelby lo observó alejarse con verdaderas llamas en los ojos. Aquel hombre había sido responsable, aunque indirectamente, del dolor que había sufrido durante seis años, del dolor que aún sufría. ¿Cómo podía tener la desfachatez de presentarse aquella noche, de todas las noches? No, ¿cómo había tenido Justin la desfachatez de invitarlo?

Dio media vuelta y volvió a subir los escalones de la entrada, sin dignarse a mirar a Justin.

—Buenas noches —saludó a una pareja que acababa de llegar, como si no hubiera pasado nada. Después, fue junto a Calhoun—. ¡Felicidades, Calhoun! Estamos tan contentos de que Abby nos permitiera celebrar aquí tu fiesta de cumpleaños —le dijo besándolo en la mejilla.

—Um... Gracias, Shelby —murmuró su cuñado.

—¿Pasamos a cenar? —les dijo Shelby, como la perfecta anfitriona al resto de los invitados.

La mayoría eran amigos de Justin y Calhoun a quienes apenas conocía.

—¿A qué diablos ha venido todo eso? —le siseó Justin, agarrándola del brazo y llevándola aparte mientras los demás pasaban al comedor.

Shelby ignoró la pregunta.

—¿Cómo te has atrevido a invitar a ese hombre? —le dijo señalando hacia la puerta por donde había salido—. ¿Cómo te has atrevido a traerlo a nuestra casa, después de saber que colaboró con mi padre para separarnos?

—Quería saber si aún te quedaba algún rescoldo de amor por él —le contestó Justin con una sonrisa cínica.

—¡¿Rescoldo?! —masculló Shelby fuera de sí—. Tienes suerte de que no lo haya matado... Lamento no haberlo hecho.

—Qué temperamento... —murmuró él chasqueando la lengua desaprobador.

—Vete al infierno, Justin —le espetó ella con una sonrisa tan cínica como la de él. Estaba harta de sus celos y su suspicacia—. Y llévate contigo tu mal humor y tus deseos de venganza.

Entró en el comedor, donde los demás ya estaban tomando asiento.

—¿No vas a contarme otra vez esa historia de cómo tu padre quería hacernos romper? —le preguntó él con toda la intención, siguiéndola.

—¿Por qué no quieres creerme?

—Muy sencillo —contestó él—, porque fue el dinero de tu padre el que nos ayudó a sacar a flote de nuevo nuestro negocio —observó sorpresa en los ojos de ella—. Sí, eso hizo, ¿te parece que puedo dudar de un hombre que me ayudó de ese modo?

Shelby sintió que se iba a desmayar, y casi

le faltó tiempo para sentarse.

—¿Te encuentras bien? —le preguntó Justin.

—No, no estoy bien —murmuró ella con una risa temblorosa.

Abby, que había reparado en su inusitada palidez, se sentó a su lado.

—¿Quieres que te traiga algo, Shelby? —le susurró.

—No, gracias, estaré bien... si te llevas a Justin lejos de mí —dijo alzando la vista hacia él furiosa.

—No te preocupes, ya me iba —le espetó él irguiéndose y dirigiéndose al otro extremo de la mesa.

Shelby no sabría jamás cómo había sobrevivido a aquella noche. Contestaba a las preguntas de los invitados y sonreía como un autómata. En un momento dado, logró escabullirse con la excusa de retocarse el maquillaje, y Abby la siguió arriba, a la habitación de invitados.

—¿Qué ha ocurrido, Shelby? —le preguntó sin preámbulos.

—Para empezar, estoy embarazada —le respondió Shelby muy tensa.

Abby se quedó boquiabierta.

—¡Oh, Shelby...! ¿Lo sabe Justin?

—No, no lo sabe, y no quiero que se lo digas —se apresuró a advertirle Shelby sentándose en el borde de la cama—. Vuelve a estar furioso por lo que le hice hace seis años. Durante unas semanas pareció que todo iba bien, pero cuando volvió de Wyoming no lo reconocí. ¿Y cómo voy a contarle lo del bebé cuando me odia? No quiero su compasión... —se llevó las manos al rostro—. Nunca funcionará, Abby, no puede dejar atrás el pasado, y yo ya no sé qué hacer... No lo soporto más.

Las lágrimas empezaron a rodar por sus mejillas, y Abby fue a su lado a consolarla como pudo.

—¿Y qué piensas hacer? —le preguntó con suavidad, mientras Shelby se secaba las lágrimas con un pañuelo.

—Me iré a Houston. Tengo una prima allí, y sé que no le importará que me quede un par de días con ella, hasta que averigüe qué hacer con mi vida.

—¿Y si intentaras hablar con Justin? Sé que te quiere, Shelby.

—Bonita manera la suya de demostrarlo —repuso Shelby con ironía—. ¡Primero me dice que vamos a llevar vidas separadas y luego trae a... a esa sabandija aquí!

—Bueno, creo que al menos se habrá dado cuenta de que no estabas enamorada de él —dijo Abby con una sonrisa, recordando cómo le había arrojado aquel florero.

—Y lo peor es que cree que mi padre era un santo. Acaba de decirme que le dio dinero para reflotar su negocio... No me extraña que piense que yo le miento.

—Necesitas descansar —le dijo Abby—. ¿Por qué no te acuestas? Yo haré de anfitriona en tu lugar. Le diré a Justin que...

—¿Qué tienes que decirme? —inquirió Justin apareciendo en ese momento.

Las dos alzaron la vista, sobresaltadas.

—Hay una chica que pregunta por ti —le dijo Justin a Shelby—. Una Tammy no-séqué. Dice que trabaja contigo en el bufete...

—¿Qué quiere?

—Está subiendo. Ahora podrás preguntárselo tú.

Y en efecto, al momento asomó la cabeza de Tammy. Se quedó un poco cortada al ver el cuadro.

—Um... Lo siento, veo que no es un buen momento...

—No, Tammy, espera, ¿qué ocurre? —dijo Shelby levantándose y reteniéndola por el brazo.

La joven se volvió hacia ella con los ojos brillantes.

—Solo venía a decirte que... ¡me ha pedido que me case con él! —casi chilló como una adolescente histérica—. Mira, ¡hasta me ha comprado un anillo! —le dijo mostrándoselo emocionada—. Ha sido una suerte que se haya decidido, porque estoy segura de que toda la ciudad estaba empezando a murmurar. Amanda Jones, una de las dependientas del supermercado nos vio el otro día besándonos al señor Holman y a mí en el despacho, imagínate... la cortinilla estaba echada, claro, pero podía verse desde fuera... qué vergüenza...

Justin se había puesto lívido, pero Shelby y Abby no lo advirtieron.

—Me alegro mucho por vosotros, Tammy, felicidades —le dijo Shelby abrazándola.

—Gracias —murmuró la chica—. Bueno, solo quería decirte eso... Perdón por la intrusión. Buenas noches.

Abby acompañó a la joven abajo, y Justin se quedó allí de pie, tratando de averiguar cómo deshacer aquel entuerto. Shelby parecía tan dolida, tan frágil... Era todo culpa suya, por haber sacado conclusiones antes de cerciorarse de que lo que había visto era lo que creía haber visto.

—Shelby, yo...

—Justin, por favor, márchate, no tengo nada más que decirte. No quiero ni mirarte después de lo que has hecho... ¡Traer aquí a ese hombre!

—Necesitaba saber...

—¡Yo te dije la verdad! —le espetó Shelby

enfadada—. Y tú no me escuchaste. Nunca me has escuchado, pero ya no me importa lo que pienses de mí.

—Es que hay algo que no comprendo, Shelby... si lo que tu padre quería era separarnos... ¿Por qué me prestó ese dinero?

Shelby lo miró cansada.

—Justin, no lo sé, no sé más de lo que te he contado. Hace mucho tiempo de eso, y yo no quiero vivir eternamente revolcándome en el fango del pasado. Si no te importa me voy a la cama —le dijo dirigiéndose hacia la puerta.

Justin abrió la boca, pero no sabía que decir.

—Yo... os vi besándoos. Bueno, creí que eras tú... en la ventana de la oficina, cuando fui a recogerte la noche que regresé de Wyoming —le confesó titubeante.

Shelby se quedó paralizada, y se giró sobre los talones con los ojos muy abiertos.

—¿Pensaste que estaba besándome con el señor Holman?

Justin se encogió de hombros.

—Lo cierto es que esa chica y tú tenéis una figura parecida, y la misma estatura, y la vi a través de la cortina y... Tú no me contaste que había entrado a trabajar otra chica con vosotros.

—Muchas gracias —le contestó Shelby

con voz ronca, ofendida—, muchas gracias por tu maravillosa opinión de mi moralidad, Justin.

Él enrojeció, entre avergonzado y airado.

—¿Qué querías que creyera? ¡Tú me traicionaste una vez!, ¡me abandonaste por otro!

—Yo jamás hice eso. ¡Jamás! Mi padre me amenazó con llevarte a la ruina, y me hizo decirte lo que te dije para evitarlo. Me prometió que si rompía contigo te salvaría, pero nunca imaginé que sería prestándote dinero. Salí con Tom solo para seguir con la pantomima, pero me negué a casarme con él. La vida sin ti esos seis años fue un infierno, y más sabiendo que creías que te había traicionado y que no podía demostrártelo. He intentado explicártelo de todas las maneras posibles, pero tú nunca me escuchas —las lágrimas le nublaban la vista—. Estoy cansada, Justin, estoy cansada. Estás demasiado resentido como para dejar atrás el pasado, y yo ya no puedo seguir viviendo así. Sé que yo, con mi cobardía, he tenido mucha culpa de lo que nos ha ocurrido, pero lo que hice lo hice para protegerte. Tú has sido lo único que yo siempre he querido, pero a ti yo únicamente te interesaba en un sentido, y supongo que ahora que has... ¿cómo lo expresaste...? Oh, sí, «satisfecho tu deseo»... Supongo que ahora que has satisfecho tu deseo por mí ya no te intereso.

—Oh, Dios, Shelby... —masculló él apretando los dientes.

—Sin confianza no tenemos nada, Justin. Creí que lo nuestro podría funcionar, pero si sigues sin confiar en mí, no hay nada que podamos hacer. Y ahora, si no te importa, me gustaría que te fueras, estoy cansada y quiero acostarme.

Justin quería abrazarla, decirle que su frialdad se había debido solo a los celos, porque era incapaz de creer que una mujer tan preciosa y maravillosa pudiese amarlo. Sin embargo, ciertamente parecía muy cansada, y le pareció que sería cruel seguir discutiendo. Sí, lo mejor sería dejarla dormir.

—Está bien, mañana hablaremos... —le dijo saliendo y cerrando la puerta tras de sí.

Justin apenas pudo dormir en toda la noche y al rayar el alba entró sigiloso en la habitación de invitados. Shelby se había quedado dormida sobre la colcha, vestida. Con mucho cuidado de no despertarla, Justin le quitó los zapatos y la tapó, quedándose después admirando su hermoso rostro.

—Te quiero tanto... —susurró—. ¡Dios!, ¿por qué no puedo decírtelo cuando estás despierta? Anoche me dijiste que no confiaba en ti, pero no es así: no confío en mí mismo. Te mereces a alguien más comprensivo que yo, alguien menos posesivo. Me estaría bien merecido si te perdiera, pero no sé si sería capaz de seguir viviendo...

Le acarició suavemente la mejilla y salió de la habitación.

Una hora después, Shelby se despertó. La sorprendió verse tapada, pero se dijo que tal vez hubieran sido Abby o María. No importaba, no había tiempo, tenía que acabar con aquello.

Llamó por teléfono para reservar un billete en el vuelo de mediodía que salía del aeropuerto de Jacobsville con destino Houston, y después pidió un taxi. Hizo a toda prisa una maleta con lo estrictamente imprescindible, y salió de su cuarto, bajando las escaleras sigilosamente.

Sin embargo, al llegar a la puerta, se encontró con María.

—¡Señorita! —exclamó al verla con la maleta.

—Solo me voy fuera un par de días —mintió Shelby—. Abby sabe dónde estaré, pero no le digas nada a Justin, María, prométemelo.

La pobre mujer no pudo hacer otra cosa que darle su palabra, y, consternada, la vio marcharse. Sin embargo, en cuanto se hubo ido, se le ocurrió una idea: le había prometido a Shelby que ella no se lo diría a Justin, pero no que se lo diría a Abby.

Justin se despertó zarandeado por alguien. Se habría dormido hacía apenas una hora y media... ¿Por qué tenían que despertarlo?

—Justin... Justin, despierta.

La voz de Abby lo sobresaltó y se incorporó de inmediato.

—¿Qué... qué pasa?

El rostro de Abby le dijo que algo no iba bien, y un horrible presagio lo asaltó.

—María me llamó para que viniera. Shelby le hizo prometer que no te diría nada y por eso me llamó a mí... —le explicó haciéndose un lío por los nervios—. Yo... no sé cómo decirte esto...

La mirada de él se ensombreció.

—Me ha dejado, ¿no es cierto, Abby?

Ella asintió con tristeza.

—Pero la pregunta es qué vas a hacer al respecto.

Justin se había tapado la cara con las manos.

—Dejarla marchar —dijo al cabo de un minuto—. Ya le he hecho bastante daño.

—¡Justin, no! Va a tomar un vuelo a

Houston, aún estás a tiempo... Calhoun está abajo en el coche esperándonos y...

—No sabes cómo la he tratado, Abby... Lo que le he hecho pasar, y todo por culpa de mis estúpidos celos, del miedo a perderla por otro... ¿Qué puedo ofrecerle yo?

—¿Por qué no tratas simplemente de decirle que la amas? Es lo único que ella quiere.

—Tal vez sea lo mejor que se vaya —farfulló poniéndose de pie y caminando arriba y abajo por la habitación—. Puede que encuentre a alguien mejor que yo y...

Así no llegarían a ningún sitio, se dijo Abby. En otras circunstancias se lo habría dicho con mayor delicadeza, pero no había tiempo:

—Shelby está embarazada —le soltó.

Justin, que se iba a sentar en ese momento en una silla, no calculó bien por la repentina noticia y se cayó al suelo. Se agarró al borde de la cómoda para levantarse, tembloroso y con los ojos como platos.

—¿Embarazada? —repitió—. ¿Está embarazada y no me lo había dicho?

No hizo falta decirle nada más a Justin. Se pusieron en camino de inmediato, y corrieron por todo el aeropuerto, pero cuando llegaron a las puertas de embarque, el vuelo hacia Houston ya había salido.

Capítulo once

CALHOUN y Abby no sabían qué hacer. Justin se había quedado catatónico cuando la mujer tras el mostrador le dijo que el avión ya había despegado. Se desmoronó, y cayó al suelo, quedándose sentado con las piernas flexionadas, temblando incontrolablemente. Las lágrimas rodaban por sus mejillas, y miraba fijamente las losetas con los ojos muy abiertos, espantado por lo que había hecho.

No paraba de repetir «la he perdido, la he perdido...», y de nada servía que le dijeran que la encontrarían, costara lo que costara.

Solo entonces, al levantar Calhoun la cabeza un instante, vio entre la gente que iba y venía, una figura de pie, a lo lejos, observándolos, con una maleta en las manos.

Shelby se acercó lentamente donde se encontraban, y se detuvo frente a Justin. Este, como atraído por un imán, alzó los ojos hacia ella, y Abby y Calhoun se alejaron discretamente, dejándolos a solas.

—Estás aquí... —murmuró Justin incrédulo.

—Iba a marcharme —admitió Shelby

con lágrimas en los ojos—... pero no pude. Siento haber huido de este modo, pero ya no podía aguantar más.

—No tienes por qué disculparte —repuso Justin secándole las mejillas con los pulgares—. Nunca te di una oportunidad. Creí que te había perdido... Y no podía soportarlo, no podía soportar la idea de perder todo lo que amo...

Shelby esbozó una sonrisa y le tomó la mano entre las suyas.

—¿Por qué no me dijiste nunca que me amabas? Yo jamás he dejado de amarte, Justin, y nunca podré dejar de amarte. Tú eres lo único que yo quiero.

La otra mano de Justin se aferró a las suyas.

—¿Acaso no lo sabías... aunque no te lo dijera con palabras? —murmuró mirándola a los ojos con amor—. Habría cruzado brasas descalzo si tú me lo hubieras pedido. Tú eres todo mi mundo, Shelby. Te amo...

Shelby se acercó más a él y lo rodeó con sus brazos. Justin la tomó por la cintura y la besó en la frente.

—Oh, Dios, Shelby... Si tú supieras... Yo creía que te habías casado conmigo solo porque estabas sola y asustada.

—Y yo creía que me lo habías pedido porque te daba lástima —le contestó ella sin tratar de retener ya las lágrimas.

Justin se puso de pie y la abrazó con fuerza, y la besó con ternura en los labios.

—Salgamos de aquí... Oh, Shelby, Shelby, creí que me moriría... Creí que te había perdido...

Calhoun y Abby los llevaron directamente a casa.

—¿Por qué no venís a casa a cenar? —les propuso Abby cuando se bajaron del coche—. María me dijo que ella y López se van a casa de su hermana, y no creo que ninguno de los dos tengáis muchas ganas de cocinar.

—Eso sería estupendo —se lo agradeció Justin—. Gracias por todo... a los dos.

—Vosotros haríais lo mismo por nosotros —contestó Calhoun asomándose por la ventanilla de Abby y guiñándoles un ojo—. Os esperamos a las siete.

Los despidieron y entraron en la casa, siendo recibidos por una María eufórica de ver de vuelta a Shelby. Justin la alzó en sus brazos y le plantó un sonoro beso en la mejilla.

—Gracias por haber llamado a Abby, María, te estaremos agradecidos eternamente —le dijo Shelby abrazándola.

La mujer se sonrojó, asegurándoles que

210

no había hecho nada excepcional, y después se disculpó, diciéndoles que tenía que ayudar a López a recoger las cosas, porque se iban dentro de media hora.

Justin y Shelby entraron de la mano en la casa, y se sentaron en el salón, abrazados el uno al otro.

—Te quiero, Shelby, aunque nunca haya encontrado el modo de decírtelo —le dijo besándola dulcemente.

—Acabas de hacerlo —sonrió Shelby devolviéndole el beso apasionadamente.

—Si pudiera te compensaría por esos seis años, y por el tiempo que llevamos casados y no te he tratado como debería.

—Ya me has compensado por ello, Justin —le dijo ella con dulzura. Tomó su mano y la colocó despacio sobre su vientre—. Llevo dentro de mí un hijo tuyo —le dijo mirándolo a los ojos.

Justin ya lo sabía, pero oírlo de labios de ella lo hizo cien veces más hermoso, y más real. Le acarició el vientre con suavidad mientras volvía a besarla.

—Voy a dejar el trabajo —le dijo ella de pronto—. Creo que Tammy y el señor Holman se las apañarán muy bien sin mí.

—No tienes por qué hacerlo por mí, Shelby. He sido muy egoísta.

—No se trata de eso, Calhoun. Ahora

nuestro bebé es mi prioridad. Además, tal vez haga unos cursos, o vuelva a hacer labores de voluntariado social.

Justin se rio.

—¿De cuántos meses estás?

—Creo que solo de seis semanas —murmuró ella.

—La primera vez que hicimos el amor —comentó él haciendo cálculos mentales.

Shelby ocultó el rostro en el hueco de su cuello, sonrojándose.

—Sí, creo que sí —asintió entre risas.

—No está mal, ¿eh? A la primera —se pavoneó Justin con una sonrisa lobuna.

—No está «nada» mal —murmuró ella alzando la cabeza hacia él.

Justin agachó la suya para tomar sus labios, y ella se relajó, dejando que la acariciara. Suspiró dentro de su boca, y le echó los brazos al cuello para atraerlo más hacia sí. Los besos se fueron volviendo más apasionados, y pronto Shelby pudo notar que él la deseaba. Había aprendido sus señales, pero aquella vez sería diferente, porque sabía que él la amaba y él sabía que ella a él también.

—La primera vez que lo hicimos... también fue aquí —murmuró Shelby mientras Justin le iba desabrochando uno a uno los botones de la camisa.

—Si lo prefieres siempre nos queda la alfombra... —bromeó él.

—Justin... —se rio ella ante la ocurrencia.

—¿Qué? Es bastante gruesa, mullida y suave. Y además nadie nos verá. Y para asegurarnos...

Se levantó, aún sonriendo, y fue a cerrar la puerta del salón con pestillo. Se quitó la camisa observando como ella miraba su torso desnudo con puro deleite.

Después, Justin la tumbó sobre la alfombra, echándose junto a ella, le desabrochó la falda, y se deshizo de la ropa interior con destreza y sensualidad.

Los temores de Shelby se habían desvanecido después de la primera vez, y su cuerpo confiaba plenamente en Justin, sabiendo los placeres que le aguardaban más adelante.

Durante largo rato, no satisfecho con verla estremecerse y gemir, Justin se dedicó por entero a excitarla, hasta que la tuvo completamente a su merced. Solo entonces se fue desvistiendo él también, mientras iba devorando las suaves curvas de ella y su cremosa piel.

Shelby alzó la vista, enturbiada por el deseo, cuando vio que Justin se arqueaba sobre ella, apoyando el peso en los brazos, y se concentró maravillada en el contacto entre ambos cuando la poseyó.

—¡Oh, Justin! —gimió al sentir que comenzaba a moverse dentro de ella.

—Te quiero —susurró él—. Nunca te he demostrado cuánto, pero ahora voy a hacerlo... No te muevas, cariño, voy a llevarte directa a las estrellas.

Posó su boca sobre la de ella, y comenzó a murmurarle palabras de amor, palabras que subrayaba con pequeños besos y caricias. Aquella vez no tenía que contenerse, no había barreras, pero aun así, ajustó sus movimientos a las necesidades del cuerpo de Shelby, tratándola con exquisita ternura. Y de pronto, en medio de aquel fuego lento, la escuchó gemir cada vez con más fuerza mientras se adentraba con él en el remolino del placer.

Cuando hubieron alcanzado la cima, Shelby notaba que no podía dejar de temblar, y se agarró a los fuertes hombros de Justin, pero él estaba igual.

—Está bien, no pasa nada... —la tranquilizó él besándola en la frente—. Es normal... es lo que pasa cuando se desciende de repente de las alturas a las que nosotros hemos volado.

—Nunca antes había sido tan increíble —murmuró Shelby.

—Eso es porque nunca lo habíamos hecho con tanta pasión, abriéndonos el uno al otro.

Shelby le tocó el rostro con dedos temblorosos.

—No quiero parar, Justin.

—Yo tampoco... —susurró él—. Y tampoco tenemos por qué hacerlo. Estamos solos, y no tenemos otra cosa que hacer. ¿Qué te parece si subimos arriba y averiguamos si podemos superarlo?

Y se levantó, ofreciéndole una mano para ayudarla. Shelby la tomó y se incorporó también, pero echó un vistazo al montón de prendas desperdigadas por el suelo.

—Justin... ¿y nuestra ropa?

Pero él ya la había tomado en brazos y se dirigía con ella hacia la puerta.

—Seguirá ahí cuando bajemos —le prometió divertido.

Ya había atardecido cuando se despertaron, exhaustos pero satisfechos.

—Um... qué sed tengo... —murmuró Shelby.

—Yo también —dijo él levantándose de la cama y estirándose—. ¿Qué te apetece? ¿Un poco de té helado y algo de comer?

—Estupendo —asintió ella—. No tardes —dijo tumbándose mimosa.

Justin miró en derredor buscando algo con lo que taparse, pero se habían quedado en la habitación de invitados porque era la que estaba más cerca, y finalmente tuvo que ir al baño a por una toalla para liársela en torno a las caderas. La más grande era una toalla de playa con una rana gigante estampada en ella.

—Por Dios, Shelby... ¿No podías haber comprado algo más discreto? —gruñó.

A ella sin embargo daba la impresión de parecerle muy divertido.

—¿Qué tiene de malo? Me encantan las ranas.

Justin ignoró sus risitas y bajó a la cocina, donde preparó unos sandwiches, y los colocó en una bandeja con unos vasos y la jarra de té helado.

Sin embargo, justo cuando salía y se dirigía hacia las escaleras, se abrió la puerta de la casa y apareció Calhoun. Se quedó de piedra, mirando con los ojos como platos a su serio hermano, vestido solo con una toalla con una rana gigante estampada.

—Eee... Pensé que ibais a venir a cenar a casa —comenzó Calhoun.

Justin lo había olvidado por completo.

—Como eran más de las siete y media llamamos, pero no contestabais y pensamos que habría ocurrido algo y por eso vine a ver... —continuó Calhoun sin poder apartar los ojos de la rana.

Justin recordó que había descolgado el teléfono antes de llevar a Shelby arriba.

—Um... No, no ha pasado nada. Estaba... dándome una ducha —improvisó, algo avergonzado de que su hermano pequeño lo hubiera pillado en una situación tan comprometedora, aunque estuviera en su propia casa.

Calhoun vio la puerta del salón abierta, y el reguero de ropa por el suelo.

—¿Y esa ropa? —dijo para picarlo.

—Iba a... hacer la colada. Y me entró hambre.

—Pero si os habíamos invitado a cenar.

—Bueno, solo iba a tomar un tentempié —farfulló Justin sonrojándose por la insistencia.

—¿Y dónde está Shelby?

—Em... arriba, estaba cansada y se echó.

Pero entonces, la voz de Shelby se escuchó desde el piso de arriba.

—Justin... ¿vas a subir ya? Me siento sola —dijo como haciendo pucheros.

Justin se puso rojo como un tomate mientras Calhoun se aguantaba la risa a duras penas.

—Bueno, cuando acabes de poner la colada, darte esa ducha y tomarte el tentempié, venid a casa —le dijo—. Pero ponte algo menos... llamativo —y se marchó.

Justin subió las escaleras con la poca dignidad que le quedaba y dejó la bandeja sobre la cama.

—Me ha parecido oír la voz de alguien hablando contigo abajo —le dijo Shelby mientras se servía té.

—Era Calhoun. ¿Te acordabas tú de que nos habían invitado a cenar?

—¡Cielos, no, lo había olvidado! —exclamó ella llevándose una mano a la boca.

—Y yo.

—No te preocupes, Justin —le dijo Shelby al verlo tan enfurruñado—. Calhoun y Abby lo entenderán, están casados.

—Lo sé, pero resulta un poco incómodo —repuso él—. Y conociendo a mi hermano, prepárate, va a pasarse toda la cena picándonos.

Ella se rio y lo besó en la mejilla.

—Shelby... —le dijo él de pronto—. ¿Me habrías dicho lo del bebé si te hubieras marchado?

Ella asintió con la cabeza.

—Tenías derecho a saberlo. Además, nunca pensé en abandonarte, Justin, solo necesitaba tiempo para pensar. Habría vuelto a tu lado: ya no sé vivir sin ti. Y tú, ¿habrías ido tras de mí?

—Por supuesto. Ya me imaginaba recorriendo la ciudad meses y meses, pero no habría desesperado, habría buscado hasta en el último rincón.

—Lo sé —murmuró ella besándolo suavemente. Lo quería tanto que sentía que el corazón le iba a explotar de felicidad—. Um... tengo un hambre terrible, me comería una vaca entera.

—Llamaré a Abby para que la vaya preparando...

Shelby se rio. Fuera, la noche estaba cayendo, y a unos kilómetros de allí, Abby estaba recalentando el estofado de carne con verduras que había preparado, mientras Calhoun descorchaba una botella de champán. Había tratado de decirle que esa bebida no iba precisamente con la comida tan sencilla que había preparado, pero él insistió, así que, entre risas, Abby fue a buscar las copas de champán. En el fondo, Calhoun tenía razón: había mucho que celebrar.